정신적
승리

정신적 승리

김송은 장편소설

차례

저주 노트

"노인이 사라졌다."

형사의 말에 승리는 직감했다.

'역시 저주 때문인가⋯⋯.'

승리의 얼굴에 스친 두려움을 형사는 놓치지 않았다. 이건 뭔가 있다. 분명 변고가 생긴 것이다. 가령 살인 사건이나, 어쩌면 실종을 가장한 살인 사건, 혹은 가출로 위장한 살인 사건.

'노트에 노인의 이름을 적은 것이 언제였더라⋯⋯.'

가물가물한 기억을 떠올리다 보니 승리의 미간에 주름이 잡혔다.

"노인을 마지막으로 본 것이 언제였나?"

"여, 여름방학 시, 시작할 때니까 일주일도 넘었어요."

승리의 말에 형사는 눈을 가늘게 떴다. 잠깐 승리를 쌔려보더니 손바닥만 한 수첩에 뭔가를 적어 넣었다.

"왜 말을 더듬지? 뭐 찔리는 거라도 있나?"

"저는 워, 어어어얼래……."

"됐고. 최근에 그 노인과 가장 많이 접촉한 사람이 너희 동아리, 이름이 뭐였더라? 따개비? 거북손? 따손? 아무튼 봉사 활동한답시고 그 집에 드나들던 너희가 전부였다는 제보가 있어. 일단 오늘은 돌아가는데, 뭐라도 생각나는 거 있으면 반드시 나한테 연락해야 한다. 알겠지?"

동아리 이름은 '따뜻한 손'이다. 줄여서 '따손'이라 부른다. 형사는 명함을 내밀며 돌아서는 척하다가, 기습적으로 승리의 방문을 열었다.

"그런데 부모님은 안 계시나?"

"아, 아, 아, 아무도 어, 없……어요."

승리가 황급히 막아섰지만 이미 늦었다. 형사가 흠칫 놀랐다. 방 안은 쓰레기봉투를 쏟아 놓은 것처럼 난장판이었다.

'이건 제정신 박힌 놈의 방구석이 아니군.'

사건 현장도 아닌데, 형사는 손수건으로 입을 막고 들어왔다.

그의 시선이 어지러운 방 안을 훑기 시작했다.

형사는 승리의 책상 위에서 눈길을 멈췄다.

'남고생 방에 이런 건 다 뭐야?'

교과서 사이에 생뚱맞은 책들이 꽂혀 있었다. 종이가 누렇게 바 랜 것이 한눈에 봐도 꽤 오래된 것들이었다. 그는 결정적 증거라 도 되는 듯, 그 사이에서 책 한 권을 조심스럽게 빼 냈다.

'《앵무새 죽이기》? 제목부터 심상치 않다. 사이코패스 살인마 들은 본 게임 전에 동물로 워밍업을 한다던데, 이건 일종의 실습 매뉴얼 같은 건가?'

"이거 니꺼야?"

승리는 당황했다. 하지만 책 때문은 아니었다. 형사가 자꾸 책 꽂이를 구석구석 살피는 것 같아 신경이 쓰였던 것이다. 노트는 거기 꽂혀 있다. 발각되면 끝. 생각만 해도 골치 아팠다. 애매한 표 정으로 대꾸도 하지 못 하는 승리를 보며 형사는 의심스러운 듯 책을 펼쳤다. 그러다 갑자기 소리를 질렀다.

"유은영? 이게 뭐야? 실종된 사람 물건이 왜 여기에 있지?"

책 앞 장에 적힌 이름을 보고, 형사는 빼도 박도 못하는 증거를 찾은 듯 기세등등했다.

"이거 네 책 맞아?"

"마, 마, 맞아요. 유 선생님이 줬어요."

"줬다고? 훔친 거 아니고? 내가 형사 생활하며 잡아 처넣은 도둑놈들이 몇 명인지 알아? 그놈들이 붙잡히면 제일 많이 하는 말이 이거야. '주웠어요', '누가 줬어요.'"

"지, 지, 진짜예요."

"이 새끼가! 조사하면 다 나와!"

형사가 갑자기 소리를 꽥 질렀다. 승리는 억울했다. 사실인데, 그럼 뭐 어쩌라고.

"도, 도대체 돈도 안 되는 이, 이, 이딴 걸 뭣 때문에 후, 후, 훔쳐요?"

"내 말이 바로 그거야. 돈도 안 되는데 훔쳤다는 건 분명 다른 이유가 있다는 소리지! 학생이 이런 불온한 책을 왜 읽지? 뭘 알고 싶은 거야? 앵무새를 왜 죽여? 말도 못 하는 동물을 왜 죽이냐고? (아니, 앵무새는 말을 하나?) 아무튼 동물 학대도 범죄야. 이 잔인한 새끼야!"

논리는 어디에 팔아먹었는지, 대꾸할 기회도 주지 않고 형사는 홀로 아무 말 대잔치를 이어 갔다. 형사는 승리를 보며 확신했다.

'치명적인 단서 앞에 새파랗게 질렸군. 인터넷 검색 기록을 조사하면 구체적 증거들이 쏟아질 것이다. 이제 몰아쳐서 자백 받는

일만 남았다.'

조류 살해의 상세 프로세스에 대한 삽화라도 있지 않나 해서, 형사는 빠르게 책장을 넘겼다.

"일단 서로 같이 가자."

기대한 그림은 없고, 빼곡한 글자만 가득한 데 실망한 형사가 고개를 들어 승리를 노려보았다. 아니, 노려보려고 했다.

그런데 승리가 없다.

방문이 열린 것도 아니고, 인기척이 있었던 것도 아닌데, 조금 전까지 눈앞에 있던 사람이 감쪽같이 사라졌다. 형사는 뭔가에 홀린 듯 주변을 두리번거렸지만, 역시 방 안에는 아무도 없었다.

'그새 어디로 내뺀 거지? 집안에 무슨 벙커라도 만들어 놓은 거 아냐? 아무튼 도망쳤다는 사실 자체로 이미 넌 용의자야!'

형사는 어디를 향해 말해야 할지 몰라, 허공에 대고 소리를 질렀다.

"일단 이건 증거물로 내가 가져간다!"

형사가 돌아가자, 벽에 기댄 승리가 서서히 모습을 드러냈다. 승리는 한숨을 쉬며 의자에 걸터앉았다.

'유 선생은 진짜 실종된 걸까? 설마 죽기라도 한 건가?'

형사는 자신을 의심하는 눈치지만, 그건 어차피 말도 안 되는 헛소리라 신경 쓰이지 않았다. 다만 한 가지 꺼름직한 것이 있었다.

저주 노트.

'정말 내 저주 때문에 노인에게 변고라도 생긴 거면 어쩌지?'

승리는 책꽂이 맨 끄트머리에 꽂아 둔 노트를 꺼냈다. 최근에는 쓴 적이 없어서 잊고 있었는데, 유 선생이 실종되었다는 말에 불현듯 떠오른 것이다.

'그때 이름을 지울 걸 그랬나?'

노트 중간에 그녀의 이름이 빨간색 볼펜으로 44번 적혀 있었다.

"유은영유은영유은영유은영유은영유은영유은영유은영유은영유은영유은영유은영유은영……."

ㅇ이 네 개나 들어간 세 글자가 여백 없이 꽉 들어 찬 공책을 보고 있자니 환 공포증이 밀려왔다. 승리는 얼른 노트를 덮었다. 선생에게 변고가 생긴 게 꼭 이 노트 탓인 것만 같아 못내 찝찝했다.

'나 지금 뭐 하나! 겨우 이런 걸로 사람한테 진짜 저주가 붙으면 내 인생이 이렇게 고달프지도 않게?'

현타가 온 승리는 책상 위에 노트를 아무렇게나 던져 버렸다.

'골치 아플 때는 한숨 자는 게 최고지.'

담요 위에는 다 먹은 사발면 용기, 빈 콜라 캔, 과자 봉지, 신던

양말 같은 것들이 제집처럼 자리잡고 있었다. 승리는 이불 한끝을 들어 올려, 쓰레기들을 방바닥으로 털어 버렸다. 먼지가 날려 금세 허공이 부옇게 변했다.

승리는 담요 위에서 뒤통수에 손깍지를 베고 누웠다. 말도 안 되는 상상이지만, 여전히 찝찝했다.

'실종이라……. 도대체 노인에게 무슨 일이 생긴 걸까…….'

승리는 이리저리 몸을 뒤척였다. 생각에 잠긴 승리의 모습이 딜리트 키를 누른 것처럼 이불 위에서 조금씩 지워지기 시작했다.

감염
- - - - - - -

그러니까 그 일이 시작된 것은 소리 때문이었다.

3주 만에 집에 돌아온 아빠는 이번에도 거세게 대문을 걸어찼다. 그는 늘 소리와 함께 등장했다.

"아무도 없냐? 가장이 집에 왔는데, 이놈의 집구석에서는 왜 나와 보는 사람이 없어!"

아빠는 건설 현장을 따라 전국을 돌아다닌다. 한번 일을 나가면 짧게는 일주일, 길게는 몇 달 동안 타지에 머문다. 일이 끝나면 북과 징을 앞세운 개선장군처럼 떠들썩하게 집으로 돌아왔다. 원체 목소리도 큰 데다 말버릇도 고약했다. 단전에 힘을 주고, 목구멍을 활짝 열고, 뚜껑이 열려 버린 사람처럼 버럭 소리를 지른다. 아무것도 아닌 평범한 말도 그런 식으로 얘기한다.

아빠의 목소리에 엄마와 승리는 매번 소스라치게 놀랐다. 건설 현장은 늘 시끄럽고, 누군가 작은 실수만 해도 끔찍한 인명 사고가 발생하기에, 그곳에서 일하는 사람들은 별것 아닌 일에도 정신이 번쩍 들게 호통을 친다……는 것이 아빠의 설명이다. 핑계가 좋다……는 것은 승리의 생각이다. 소음은커녕 집은 이 세상의 그 어떤 곳보다도 조용했다. 한국어에 서툰 엄마는 평소에 거의 말을 하지 않는다. 텔레비전을 보는 법도 없었다. 그건 승리도 마찬가지다. 집안은 개미가 자박자박 걸어가는 소리도 들릴 정도로 적막했다.

아빠가 등장하면 그 고요한 평화는 순식간에 풍비박산 났다. 맥락 없는 분노를 한가득 담아, 아빠는 모든 말을 최대 데시벨로 "쾅!" 터뜨렸다. 말 폭탄이 터지면 말꼬리가 갈고리처럼 뾰족해졌다. 모든 문장이 의문형으로 변했다. "밥 안 차리냐?", "여편네가 술도 사다 놓지 않고 뭐 했어?", "아빠를 보고도 아는 척도 안 하냐?" 온통 이런 식.

"다, 다, 다녀오셨어요?"

기껏 인사를 하면 이번에는 다른 이유로 발작 버튼이 눌렸다.

"말 좀 똑바로 못해? 사내새끼가 병신처럼 왜 말을 더듬어? 엉? 여편네는 말귀를 못 알아먹고, 자식새끼는 말을 못 하고. 아주 잘들 논다. 잘들 놀고 자빠졌어."

아빠의 음성을 폰트로 바꾼다면 천둥벼락체, 역정체, 시비털기체 그쯤 될 것이다. 만약 그런 게 있다면 말이다.

그러니까 그 일이 시작된 것은 아빠의 목소리 때문이었다.

3주 만에 집에 돌아온 그는 이번에도 거세게 대문을 걷어찼다. 주머니에 열쇠가 있지만, 아빠는 제 손으로 대문을 여는 법이 없었다. 엄마가 잽싸게 뛰어나와 공손하게 문을 열어 주길 바랐다. 그래야 가장의 권위가 바로 선다고 믿었다. 돈 벌어다 주는 자는 그 정도 대접은 받아야 마땅하다는 쪼잔한 신념의 발현이었다.

하지만 그날은 발가락이 아프게 대문을 걷어차도 뛰어나오는 사람이 없었다. 엄마는 친정으로 돌아갔다. 벌써 일주일 전이다. 승리는 한 번도 만나 본 적 없는 외할머니가 코로나로 위독하다는 소식을 듣고 난 얼마 후였다. 엄마의 고향은 태국 북동쪽의 작은 농촌이다. 외삼촌과 화상 통화를 하며 엄마는 매번 울음을 터뜨렸다. 침상에 누운 할머니한테도 뭐라고 뭐라고 태국 말을 하며 울먹였다. 엄마가 그렇게 빠르게, 그토록 많은 말을 하는 모습은 낯설었다. 전화를 끊고 나서도 방문을 걸어 닫고 오래도록 울었다. 하늘길은 막혔고, 다른 방법은 없었다.

일시적으로 규제가 풀리자, 엄마는 그 틈을 타 잽싸게 서류를 만들어 고향으로 떠났다. 승리에게는 밤마다 보이스톡을 걸어왔다. 통화를 끝낼 때면 엄마는 늘 우물쭈물 변명을 했다. 아빠에게는 경황이 없어 미리 말하지 못했다고. 그 말은 물론 사실이 아니겠지만, 승리는 백번 잘한 일이라 생각했다. 미리 말했다면 안 봐도 뻔하다. 아빠는 길길이 날뛰었을 것이다. 쓸데없이 돈을 쓴다고. 집안 거덜 낼 일 있느냐고.

떠나는 날 아침, 엄마는 고무줄에 돌돌 말린 만 원짜리 한 뭉치를 승리의 손에 쥐어 주었다.

"아빠 올 때까지 이거 써. 혼자 있을 수 있지? 엄마 곧 돌아온다. 마음이 튼튼하면 다 괜찮다."

엄마는 승리의 눈을 안쓰럽게 바라보았다. 차마 발걸음이 떨어지지 않는 듯 아들의 손을 한참이나 놓지 않았다. 마침내 대문을 나서며 엄마가 얘기했다.

"승리! 할 수 있지?"

승리는 고개를 끄덕였다. 엄마가 힘주어 얘기하면 뭐든 마음이 놓였다.

엄마의 말에는 힘이 있다. 엄마는 여간해선 흥분하거나 화내지 않는다. 그런 엄마가 진지한 목소리로 이야기하면 뭐든 다 진짜일 것만 같았다. 국민의 대다수가 불교를 믿는 나라에서 태어났다고 하던데 그래서일까, 엄마한테는 설명하기 힘든 의연함이 있다. 아빠에게는 절대로, 절대로 찾을 수 없는!

한국어에 서툰 엄마는 자기가 좋아하는 몇 개의 문장을 애용했다.

"마음만 괜찮으면 다 괜찮아."

"승리는 승리한다. 정승리는 정말로 승리한다!"

이렇게 말해 놓고 엄마는 키득거렸다. 엄마는 승리의 이름으로 장난치는 걸 좋아했다. 승리의 이름은 엄마가 지었다.

낯선 한국으로 시집온 엄마는 도착한 지 얼마 되지 않아 자신의 처지를 완벽하게 이해했다. 이웃의 시선이 그다지 호의적이지 않다는 것을 감지한 것이다. 비열한 악의를 굳이 숨기지 않는 사람이 열 명 중 두세 명은 되었다. 특별한 사건이 없어도, 멸시와 냉대의 기운은 숨 쉬는 공기 속에 자연스럽게 녹아 있었다.

배가 불러오는 동안 엄마는 생각했다. 자신을 엄마라고 불러야 하는 이 아이도 평생 그 공기 속에서 살아가야 할 것이다. 어쩌면 무서운 시선에 짓눌려, 도전하기도 전에 무릎 꿇는 법부터 배울지 모른다. 그런 상상만으로도 엄마는 눈물이 쏟아졌다. 9개월 동안 엄마는 아기의 이름을 고심했다. 분만실에서 첫울음을 터뜨린 아들에게 엄마가 속삭였다.

"승리. 이제부터 승리야."

승리가 세상에 태어나 처음으로 들은 말이었다.

자식 이름을 가장의 허락도 없이 마음대로 짓느냐고 막 화를 내려던 아빠는, 엄마의 단호한 표정에 입을 다물었다. 순하고 말 없던 아내가 이 문제에 대해서는 물러설 뜻이 없는 듯 고집을 피우는 것에 은근히 기가 눌렸기 때문이다.

'마음대로 하라지. 이름 따위, 아무려면 어때. 승리하자는데 나쁠 것도 없지!'

아빠는 엄마가 과묵한 줄 알지만 사실 꼭 그런 것만은 아니었다. 승리에게는 마음이 중요하다고 입버릇처럼 강조하지만, 엄마도 가끔은 콧김을 내뿜으며 흥분한다. 그럴 때는 태국어로 속사포 랩을 쏟아 낸다. 흥분이 가라앉기를 기다려, 방금 무슨 말을 했냐고 승리가 물으면 엄마는 차분하고 뻔뻔스러운 표정으로 대답했다.

"별거 아냐. 개새끼 뒈져 버려라, 대충 그런 거지."

"어? 엄마도 욕을 해요?"

승리의 말에 엄마는 키득키득 웃었다.

"그러면 속이 시원하거든."

　엄마의 태국어 욕을 가장 많이 잡수신 분은 선자 씨다. 선자 씨는 동네 이장의 아내였다. 선자 씨는 사람들이 자신을 '사모님'이라고 불러 주기를 원했지만, 어릴 때부터 함께 자란 동네 사람들은 다들 그녀를 '말 많은 선자'라고 불렀다.
　말 많은 선자는 말 없는 엄마가 한국어를 잘 알아듣지 못한다고 생각하고, 기회만 있으면 면전에서 엄마를 까댔다. 이장 활동비로 집에 식기세척기를 들여놓은 날도 그랬다. 엄연한 공금 횡령이었기에 남편은 입을 다물라고 신신당부했건만, 자랑하고 싶은 마음을 끝내 이기지 못했다.
　"최신형이라 그런가. 기계가 사람보다 낫다니까. 그릇에 윤기가 반지르르 흐르고 물기 하나 없이 말려 주고. 자기는 이런 거 구경한 적 없지?"
　굳이 엄마를 콕 집어 물어서 사람들의 시선을 집중시킨 후, 선자 씨는 결정타를 날렸다.
　"근데 친정집에 전기는 들어오나? …… 아유, 농담이야, 농담."
　반상회에 모인 이웃들이 나 같이 "풋" 웃음을 터뜨렸다. 그럴 때면 엄마는 한국어를 알아듣지 못하는 척했다. 그런 날은 집에서 엄마의 속사포 랩이 터지는 날이다. 족히 10분 넘게 성난 태국어가 승리의 귀청을 때렸다. 잠시 후면 평정심을 되찾은 엄마가 인자하고 어눌한 말투로 이야기했다.

"마음의 땅이 메마른 사람이야."

마음의 땅은 어느 대륙에 있나. 승리는 엄마의 말을 이해하지 못했다. 그저 앞에서는 한마디도 못 하다가 뒤에서 흠씬 욕을 퍼붓는 엄마가 제대로 정신 승리하고 있다고 생각했다. 하지만 슬프고 억울한 날, 안방 경대 위에 놓인 작은 불상 앞에서 눈을 감고 심호흡을 하는 엄마의 모습보다 래퍼 아웃사이더를 능가하는 기세로 욕사발을 퍼붓는 엄마가 승리는 훨씬 마음에 들었다. 엄마에게 태국어는 공격력 만렙의 무기다.

승리는 문득 엄마가 그리웠다. 지금 엄마는 여기 없다. 엄마가 없으니 방안 꼬락서니도 점점 심각해졌다. 컵라면이나 도시락을 담았던 플라스틱 용기, 열 가지도 넘는 음료수 페트병, 먹다 남은 음식 찌꺼기, 그 위에 파랗고 하얗게 피어 나는 곰팡이, 깊은 향기를 발산하며 점점 숙성해 가는 빨랫감, 엉덩이만 들썩여도 보얗게 흩날리는 해묵은 먼지들.

엉망진창인 방안을 보며 승리는 버릇처럼 중얼거렸다.

"그래, 오히려 좋네."

잔소리하는 사람 없으니 오히려 좋네. 귀찮게 치우지 않아도 되니 오히려 좋네. 3일 동안 안 씻어도, 젓가락 대신 새까맣게 때 긴 손톱으로 반찬을 집어 먹어도, 뭐라는 사람 하나 없으니 오히려 좋네. 정신 승리로는 승리도 엄마 못지않았다.

그러다가 마침내 그분이 오셨다.

위생 관념 없는 자를 각별히 사랑한다는 글로벌한 손님.

코로나 바이러스.

처음에는 영문을 알 수 없었다. 질병은 게릴라처럼 덮쳤다. 아침에 잠에서 깼는데, 목소리가 나오지 않았다.

"아아아아~."

일부러 입을 벌리고 소리를 내 보았지만, 목구멍 너머에서는 탁한 쇳소리만 가늘게 새어 나왔다. 팬데믹이라더니 드디어 지구적 트렌드에 편승하게 된 건가. 살면서 한 번도 유행을 따라 본 적이 없는데, 이번에는 확실히 주류에 속하게 되었다고 승리는 혼자 낄낄거렸다. 그러다가…… 깜빡 정신을 잃었다. 열이 너무 치솟아서 기절한 것이다.

다시 정신이 돌아왔을 때는 손가락도 까딱할 수 없었다. 드럼통에서 방금 꺼낸 군고구마처럼 온몸이 뜨끈뜨끈했다. 목이 타들어가서 찬물이라도 마셔 볼까, 하고 자리에서 일어서려다 그대로 쓰러졌다. 천장이 빙글빙글 돌았다. 승리는 네발짐승처럼 기었다. 비상약은 마루에 있다. 승리는 간신히 서랍장에서 하얀색 타이레놀 곽을 찾았다. 그 옆에 뒹구는 종합 감기약 태블릿까지, 승리는 눈에 보이는 알약들을 이것저것 모아 입안에 털어 넣었다. 그러고는 다시 그 자리에서 까무룩 잠이 들었다.

자다 깨기를 반복하며 승리는 그렇게 며칠을 앓았다. 약 기운이 떨어지면 일어나 약을 삼키고, 약에 취하면 다시 잠들고, 잠에서 깨면 다시 약을 찾았다. 냉장고를 뒤져 날계란을 마셨고, 생라면이나 캔 참치를 찾아 씹었다. 방구석 검은 봉지 안에서 언제 산 건지 알 수 없는 감자칩과 초코파이를 발견했을 때는 너무 기뻐 눈물까지 찔끔 나왔다.

강력한 산성 용액에 관절을 담근 것처럼, 뼈마디가 간질간질 녹아내리는 기분이었다. 숨 쉴 때마다 머릿속에서 "횡횡" 바람 소리가 났다. 무엇보다 목이 너무 아팠다. 쇠꼬챙이로 목구멍을 마구 헤집어 놓은 듯, 물만 마셔도 날카로운 통증이 뱃속까지 번졌다.

언젠가 독감에 걸렸을 때, 큰길 보건소의 할아버지 의사가 했던 말이 떠올랐다.

"감기에도 드라마처럼 기승전결이 있어. 약 한 번 먹는다고 뚝딱 괜찮아지는 게 아니야. 약은 그저 조금 견딜 만하게 도와주는 거지. 일단 병에 걸리면 아무리 조바심을 내도 앓을 만큼 앓아야 끝난다고. 그러니까 처음부터 안 걸리는 게 장땡이야."

뉴스에서는 확진자 통계를 그린 우상향 그래프와 급증한 사망자를 처리하지 못해 패닉에 빠진 나라 밖 소식이 종일 반복되었다. 불안할 때마다 승리는 한 가지만 기억했다. 감기에도 기승전결이 있다. 그 말은 아무리 아파도 결국 끝이 있다는 소리다. 전대미문의 지구적 전염병을 감기 따위와 똑같이 여겨도 괜찮을지는 모르겠지만, 승리가 지금 믿을 거라고는 그 말밖에 없었다. 어차피 승리를 병원에 데려갈 사람은 없었으니까.

과연 승리의 육체를 지배하던 바이러스의 기세도 시간이 흐르며 조금씩 사그라들었다. 돌멩이도 소화한다는 남고생의 체력이 아니었다면, 아무도 없는 집에서 승리는 홀로 한 많은 세상과 작별했을지도 모른다. 담임한테 문자를 보낸 것이 정확하게 일주일 전이었다. 안 죽었냐는 하마의 카톡이 달랑 하나. 그밖에 승리를 찾는 사람은 아무도 없었다.

숨을 내뱉을 때마다 아직도 속에서 용가리처럼 뜨거운 김이 올라왔지만, 그래도 조금씩 정신이 돌아왔다. 승리는 유체 이탈 신공을 발휘했다. 누워 있는 자신의 모습을 천장에서 내려다보았다. 버둥거리며 병마와 맞섰던 격전의 전장은 쓰레기 처리장이라고 해도 손색이 없었다.

승리는 다짐했다. 내일은 일어나서 샤워도 하고, 병원도 가고, 청소도 하고, 그래야겠다고. 오늘은 말고. 내일. 아직은 움직일 수 없으니까, 내일.

바로 그때 대문을 발로 차는 소리가 들린 것이다. 아빠였다.

"아무도 없냐? 가장이 집에 왔는데, 이놈의 집구석에서는 왜 나와 보는 사람이 없어!"

그 순간일 것이다. 그 일이 시작된 것은. 정확하게는 그 소리 때문인지도 모르겠다. 철 대문을 걷어차는 굉음에 승리의 심장이 덜컥 내려앉았던 그 순간.

소리가 클수록 엄마가 더 허둥거리며 뛰어나온다는 것을 알기에 아빠는 기습적으로 등장하는 것을 즐겼다. 인기척을 숨기고 살금살금 다가와서는 갑자기 문을 열라고 소리를 지르는 수법이다.

언젠가 아빠의 난동에 엄마가 제대로 당한 적이 있었다. 초저녁 졸음에 깜빡 잠들었던 엄마는 아빠의 목소리에 놀라 벌떡 자리에서 일어났다. 기립성 저혈압. 눈앞이 캄캄해진 엄마는 쓰레빠도 제대로 꿰지 못한 채 서두르다가 그대로 마당에 곤두박질쳤다. 엄마는 크게 다쳤다. 온몸에 시퍼런 멍이 들었고, 발목 인대가 늘어나 한 달 넘게 깁스를 했다.

제대로 걷지도 못하는 엄마를 보며, 아빠는 어쩐지 기분이 좋은 듯했다. 엄마의 낙상을 자신에 대한 환대의 증거라고 해석한 것이다. 엄마가 "끙끙" 앓는 소리라도 내면, 아빠는 구린 농담을 하며 괜히 싱글거렸다. 재미가 들렸는지, 그날 이후 아빠는 집에 올 때마다 더 힘껏, 더 신나게 대문을 걷어차곤 했다.

하지만 이번에는 소용없었다. 발가락이 아프도록 철 대문을 차댔지만, 집 안에는 정적만 감돌았다. 몇 번 더 소리를 질러도 대꾸하는 사람이 없자, 할 수 없이 아빠는 제 손으로 문을 따고 들어왔다.

"집구석에 아무도 없는 거야?"

아빠의 목소리가 조금씩 격노를 향해 치닫기 시작했다. 승리는 가슴이 두근거렸다. 엄마가 없으면 그 화살은 고스란히 승리 차지다. 선에도 엄마가 시장에 간 사이, 집에 온 아빠가 승리의 머리통을 쥐어박으며 소리를 지른 적이 있었다. 엄마 어디 갔냐고. 딴 놈

만나는 건 아니냐고.

그 일을 생각하니 심장이 두근거렸다. 하시만 도망치고 싶어도 지금은 몸이 말을 듣지 않았다. 그 난리 부르스를 꼼짝없이 감당할 생각을 하니 점점 열이 치솟고, 머리가 깨질 듯이 아팠다.

'지겨워. 저 소리. 오늘은 진짜 아빠랑 마주치기 싫은데. 오늘은 너무 힘들다고. 아아아! 그냥 사라지고 싶다! 제발 나 좀 내버려 둬! 어디로든 사라지고 싶다고!'

승리는 이불 속에 얼굴을 묻고 눈을 질끈 감았다.

그때였다. 방문이 거칠게 열렸다.

'엄마 어디 갔냐고!'

허공에서 따가운 소리가 물벼락처럼 쏟아질 것을 기다리고 있는데…… 웬일인지 조용하다. 승리는 슬며시 실눈을 떴다.

아빠는 한참 동안 방 안을 두리번거리더니 혼잣말을 하며 문을 닫았다.

"대체 다들 어디로 간 거야? 가장이 왔는데, 집에 아무도 없고……."

청중이 없으니 아빠의 목소리에도 힘이 빠졌다.

승리는 어리둥절했다.

'방금 뭐지? 왜 저러는 거야?'

승리는 엉거주춤 일어나 벽에 걸린 거울을 보았다.

'이게 대체 뭐야?'

불독
······

처음 그 일이 벌어졌을 때, 승리는 자신에게 닥친 이 해괴한 현상을 어떻게 받아들여야 할지 몰라 혼란스러웠다.

'심하게 병을 앓아서 머리가 어떻게 된 건가? 아니면 혹시 꿈을 꾸었나?'

하지만 확실히 꿈은 아니었다. 그 후에도 종종 아빠는 버젓이 눈앞에 있는 승리의 존재를 전혀 알아채지 못했던 것이다. 어쨌거나 나쁠 건 없었다. 그냥 조금 신기할 뿐.

열흘 만에 학교에 오니, 반갑지 않은 얼굴들이 제일 먼저 아는 체를 했다. 그동안 승리를 갈구지 못해 몸이 근질근질했던 놈들이다.

"더듬이! 안 죽었냐?"

"나도 지난주에 코로나 땜에 씨발, 죽을 뻔했는데……. 나도 모르게 씨발, 목에서 끙끙 앓는 소리가 나오더라니까? 근데 너는 신음 소리도 더듬냐? 끄, 끄, 끄, 끄, 끄으으응. 이렇게?"

평소처럼 승리는 못 들은 척 제자리로 가서 앉았다. 본격적으로 시비를 털어 볼까 하고 슬슬 입을 풀던 아이들이, 시작종 소리에 아쉬운 듯 제자리로 흩어졌다. 그런데 하필! 1교시가 문학이다. 갑자기 짜증이 밀려든다.

'그냥 며칠 더 쉴 걸 그랬나.'

문학은 승리가 제일 싫어하는 선생이다. 얼굴은 김치전처럼 붉고 기름졌으며, 불룩한 배 때문에 벨트는 가슴팍에 걸려 있다. 얼굴 살이 제각기 촛농처럼 아래로 흘러내려, 멀리서 보면 꼭 심술난 불독 같았다. 스스로 센스쟁이라 자부하는 불독은 개그 욕심이 많았는데, 정작 자신의 유머에 청중들이 똥 씹은 표정으로 변한다는 사실은 눈치 채지 못할 만큼 센스가 발바닥이었다. 자기는 웃겨 죽겠다는 그 유머가 주로 학생들의 치부를 들춰 놓고 까대는 말들이었기 때문이다. 승리는 그 비열한 센스의 단골 타깃이었다.

아직 서먹서먹하게 서로 눈치만 살피던 새 학년 첫날. 1교시에 들어 온 불독이 말했다.

"3월 2일이니까, 15번. 일어나서 첫 단락 읽어 봐."

이 무슨 족보 없는 인과 관계냐! 여기저기서 아이들이 술렁거렸다. 예상했던 반응이었던지, 세상에 둘도 없는 반전 센스를 발사한 표정으로 불독은 득의양양한 미소를 지었다.

아닌 밤중에 날벼락처럼 자신의 번호가 불리자, 승리는 귀까지 새빨개져서 자리에서 일어났다.

"니가 15번이야? 읽어."

책을 폈지만, 역시 입에서 소리가 나오지 않았다. 친한 친구와 단둘이 얘기하는 것도 쉽지 않은 판국에, 친하지 않은 다수의 인간들이 먹지를 불태우려는 볼록 렌즈처럼 따가운 시선을 집중적으로 쏘아 대는 이런 분위기에서는, 이건 거의 미션 임파서블이다.

목구멍 저 안쪽에서 말들이 덩어리로 엉겨 붙어 떨어지지 않는다. 불독의 다그침에도 승리가 입을 열지 않자, 여기저기서 수군거리는 소리가 새어 나오기 시작했다. 슬슬 짜증이 올라오는지 문학은 출석부로 교탁을 두드리며 말했다.

"읽. 으. 라. 고."

하는 수 없이 승리가 얘기했다.

"다, 다, 다음에 이, 이, 이, 읽으면 아, 아, 아, 안 돼요?"

'요것 봐라?'

불독의 얼굴에 기괴한 미소가 번졌다. 3초간의 정적. 곧이어 교실에 웃음 폭탄이 터졌다. 뒷자리 몇 명은 책상을 두드리며 휘파람까지 불었다. 늘 무료사의 위험에 시달리던 자신들에게 하늘이 내려 준 구세주의 탄생. 아이들의 열화와 같은 반응에 문학도 덩달아 신이 났다. 불독은 본격적으로 승리를 다그쳤다.

"뭐야, 3월 2일인데 15번이 읽어야지 누구 맘대로 다음에 읽어?"

승리는 고개를 숙였다. 문학은 5분이 넘도록 승리를 자리에 세워 두었다. 마침내 불독이 입을 열었다.

"이건 뭐 애벌레도 아닌데 더듬이야, 뭐야? 그럼 니 말대로 다, 다, 다음에는 꼭 읽어라. 아니다. 다, 다, 다음은 너무 멀고, 그냥 다음에는 니 차례야."

또다시 폭소.

그날 이후 아이들은 승리를 더듬이라 불렀다. 승리를 놀리면 아이들을 웃길 확률이 높아진다고 믿는 탓에, 불독은 들어올 때마다 오늘이 그 다, 다, 다음 날이라며 승리를 호출했다. 불독이 과장된 목소리로 승리의 말투를 흉내 내면 졸던 아이도 잠을 깼고, 수업 분위기도 활기 넘쳤다. 문학 시간이 끝나면 아이들의 조롱도 극에 달했다.

간만에 등교했는데 첫 시간부터 기분을 잡쳤다. 앞문으로 불독의 얼굴이 등장하자마자 자동으로 한숨이 터졌다. 엮이고 싶지 않지만, 방법이 없다. 최선을 다해 구석에 찌그러져 있는 것뿐. 승리는 마음속으로 절규했다.

'제발 오늘은 좀 그냥 넘어가자. 아직 상태가 메롱이라고.'

잠깐 딴생각하느라 방심한 승리가 고개를 들었다가 그대로 문학과 눈이 마주쳤다. 게임 끝. 절망이 밀려들었다. 불독은 한참 동안 승리를 바라보았다. 그리고 말했다.

"오늘이 6월 5일이니까, 21번 읽어."

'딱 걸릴 타이밍인데 어째서지? 혹시?'

확인이 필요했다. 쉬는 시간 종이 울리자마자 승리는 화장실로 달려가 거울을 보았다.

역시.

거울 속에는 분명 승리가 있었다. 하지만 잘 보이지 않았다. 숨은그림찾기, 아니 숨은승리찾기라고 해야 하나. 거울 속 승리의 몸은 등지고 선 화장실 문과 똑같은 베이지색이었다. 분명 거기 있는데, 주변 배경에 섞여 또렷히게 보이시 않았다. 윤곽선은 가는 연필로 스케치한 듯 희미했다. 초록 이파리 위의 카멜레온, 모래 속에 가라앉은 문어, 나뭇가지에 달라붙은 대벌레처럼, 작정하고 관찰하지 않는 한 발견하기가 쉽지 않았다.

　교실로 돌아온 승리는 이번에는 주변 아이들을 살폈다. 평소 같으면 승리를 집적거리는 재미로 인생의 지루함을 해소하려는 놈들이 승리를 보자마자 한두 명씩 달라붙기 마련인데 오늘은 어쩐지 잠잠했다. 승리는 의자에 앉아 다리를 내려다보았다. 네이비색 교복 바지가 의자와 똑같은 황갈색으로 변했다. 승리는 옆자리 민석의 눈치를 살폈다. 민석은 뒷자리 준서와 한창 수다 중이었다. 가끔 승리 쪽으로 고개를 돌리기는 했지만, 승리를 보는 것 같지는 않았다. 뭐랄까, 평소에도 '존재감 제로'라고 놀림을 받는 승리였는데, 이번에는 그 존재감이라는 것이 정말로 삭제되어 버린 느낌이랄까?

　승리는 자신에게 벌어진 이 해괴한 변화가 몹시 마음에 들었다. 볼 때마다 낄낄거리며 승리의 말투를 따라 하거나, 더듬이나 한번 뻗어 보라며 괜히 머리통을 툭툭 치거나, 엄마를 대상으로 쓰레기 같은 드립을 쳐대는 새끼들의 관심에서 벗어날 수 있을지도 모른다는 희망에 승리는 17년 인생에서 가장 큰 기쁨을 느꼈다.

PCM

"대표 증상이 뭐야?"

의사가 물었다. 대답하기에 앞서 승리는 잠깐 심호흡을 했다. 기침을 참는 척 연기했지만, 사실은 어쩔 수 없이 꼭 대꾸해야 하는 상황에서 말 더듬는 것을 은폐하기 위한 나름의 노하우였다. 이럴 때는 숨을 고른 뒤, 첫 글자를 길게 늘여서 발음하면 조금 나았다.

"모오~옥이 아, 아파요."

일단 대답을 했으니 한고비는 넘겼다. 승리는 안도감에 크게 숨을 내쉬었다. 그러자 이번에는 진짜 기침이 터졌다. 아직 코로나가 완치된 것은 아니다. 한 번씩 열이 오르고, 여전히 인후통도 심했다. 아빠랑 단둘이 집에 있기 싫어서 타이레놀이라도 몇 통 더 사야겠다고 시내에 나왔다가, 때마침 약국 위층의 병원 간판을 발견한 것이다.

"목 아프고, 열나고, 몸살 기운 있고, 아직 근육통, 두통 있고. 맞지?"

승리가 목이 아파 제대로 대꾸하지 못하는 줄 알고 의사가 대신 읊었다. 승리는 열심히 고개를 끄덕였다.

"그건 알겠어. 처방전 받아 가. 그보다 너의 대표 증상은 뭐냐고. 넌 없어?"

'여태 말했는데, 뭘 또 말하라는 거지? 반장 선거도 아닌데, 아픈 곳도 대표를 뽑아야 하나?'

승리는 대답하기가 어려워 눈만 끔뻑거렸다.

"약으로 치료할 수 있는 증상 말고, 병 걸린 다음에 나타난 특이 증상이 없냔 말이야. 요즘에는 그것 때문에 병원에 오는 사람들이 더 많은데, 넌 아니야?"

승리는 단박에 감이 왔다. 의사가 무슨 말을 하는지.

코로나 때문에 새로 생긴 증상 중 특이하기로는 '그것'이 과연 대표라 할 만했다.

'하지만 그걸 치료해야 하나? 오히려 난 좋기만 한데?'

승리의 얼굴에 스친 미묘한 변화를 포착하고, 의사는 갑자기 음산한 목소리로 소곤거렸다.

"대수롭지 않게 여기고 방치하면 큰일 난다. 죽을 수도 있다고."

"주, 주, 주, 주, 죽는다고요?"

뜻밖의 말에 승리가 놀라 소리쳤다. 죽을지도 모른다는데, 더듬는 게 문제가 아니었다.

"당황해서 죽을 수도 있지. 큭큭. 농담이야."

'이런 미친.'

승리는 얼굴이 새빨개졌다. 답답하게 입을 꽉 다물고 있던 승리를 놀린 것이 즐거운지 의사는 싱글벙글했다. 승리는 한편으론 속이 후련했다. 적어도 이 말도 안 되는 현상이 왜 생겨난 것인지는 알아냈기 때문이다.

'그러니까 마법이나, 주술 뭐 이런 게 아니라, 질병의 후유증이라는 말이지? 내가 미친 게 아니고 그냥 유행병이었어.'

"너, 똑같은 말을 여러 번 하게 하는 스타일이구나. 그래서 대표 증상이 있다는 거야, 없다는 거야? 말하기 싫으면 패스. 몇 가지 문진을 해 보면 대충 견적이 나오니까. 다음은 발병 가능성에 대해서 체크해 볼 거니까 질문을 잘 듣고 해당 사항 있는지 생각해 보도록 해. 총 세 가지 항목을 따져 볼 거야."

"첫 번째는 위생! 위생이 뭔지는 알지? 평소에 집안 환경이나 생활 습관 이런 것들이 좀 깨끗한 편이냐, 아니냐. 그런 얘기야. 손도 열심히 씻고, 청소도 잘하고……."

이건 뭐 생각할 것도 없다. 쓰레기통 같은 방구석이 자동으로 떠올랐다.

'뭘 먹기 전에 손을 씻어 본 적이 있던가? 체크.'

"둘째, 영양 상태. 골고루 잘 챙겨 먹는 편인가?"

'뭘 먹고 사냐고? 이건 더 최악인데…….'

엄마가 떠난 이후 규칙적으로 먹어 본 기억이 없었다. 배고프면 편의점에 들렀다. 거기에서 그날 제일 먼저 눈에 띄는 것을 먹는다. 라면, 소시지, 핫바, 컵 치킨 뭐 그런 것들. 씹는 게 귀찮을 때는 아이스크림이나 탄산음료로 한 끼를 때우기도 했다. 더구나 지난 열흘 정도는 혼자 앓느라 찬장 파먹기로 겨우 연명하지 않았던가.

'이것도 체크.'

"세 번째는 좀 애매한데……. 잘 들어 봐. 앞의 두 가지가 신체의 면역력에 대한 점검이라면, 마지막은 정서적 면역력이라고 한다는데, 외부의 스트레스에 맞서는 내적 힘이 얼마나 강하냐, 뭐 이런……. 아이씨, 뭐라는 거야. 여기는 매번 어렵네……. 사실 이게 내가 만든 게 아니라, 질병관리청에서 내려온 문진표라서 좀 그래. 아무튼 요약하자면 정신 상태가 어떠냐, 그런 걸 묻는 것 같아. 내가 이비인후과 전공이라 요 부분은 좀 약하다. 이해하지?"

승리의 표정이 개운하지 않았는지, 의사는 다시 목청을 다듬고 말을 이어 갔다.

"쉽게 말해 너의 삶은 전반적으로 행복하니? 뭐 이런 오글거리는 질문인 것 같다."

'이건 뭐 볼 것도 없다. 체크.'

"이 세 가지를 종합적으로 고려했을 때, 너는 10점 만점에 몇 점이나 되는 것 같아? 안 좋을수록 10점이야."

"배, 배, 배……액 점이요."

"10점 만점인데?"

승리는 대답 대신 고개를 푹 숙였다. 의사는 처방을 내렸다.

"만점이라는 소리지? 이렇게 심각한 환자는 처음이군. 그럼 급성인데……. 이 정도면 대표 증상이 이미 발병했거나, 곧 발병할 가능성이 높거나야. 빼박이지. 프런트에서 당장 상담 프로그램 접수하도록 해."

"그, 그, 급성이요? 상……담 프로그램이요? 설마 진짜 주, 주, 주, 죽……어요?"

"이 세상에 없던 병이라, 자세한 건 아직 아무도 몰라. 근데 설

마 죽기야 하겠냐? 빼 먹지 말고 열심히 치료받으라고. 공식 병
명은 피시엠(PCM)이라고 하는데, 포스트 코로나 뮤테이션(Post-
Corona Mutation)의 앞 글자야. 말이 어려워서 그렇지, 대충 코로
나 후유증이라는 소리야. 자세한 얘기는 상담 선생님이 해 주실
거야."

언어의 주술성

형사의 말대로 최근 유 선생과 제일 시간을 많이 보낸 사람은 승리와 하마였다. 시도 때도 없이 자꾸 찾아와 닦달하는 것도 이상하지는 않다. 실종 사건이라니! 명색이 좋은 일 하는 봉사 동아리인데, 어쩌다 이렇게 무서운 일에 휘말린 건지…….

불길한 예감은 동아리 첫날부터 시작되었다.

'제 꾀에 제가 넘어간다'고 하던가? 아니면 '여우 피하려다 호랑이 만난다?' 동아리 첫 시간, 교실 문을 열자마자 DB와 눈이 마주친 승리는 이 깜찍한 《이솝 우화》풍의 속담이 생각났다. 저 자식을 피하려고 알파고의 지략을 모아 선택한 최선의 결론이 여기였다.

'그런데 왜 저 새끼가 여기에 있는 거냐고! 이 무슨 가혹한 운명의 데스티니란 말인가!'

학년이 바뀌면 교실은 한동안 어수선했다. 모르는 얼굴이 아는 얼굴로 변해 가는 과정에서 발생하는 소음이었다. 아이들의 마음 속에는 양궁 과녁판을 닮은 관계의 동심원이 존재한다. 정중앙 엑스텐을 차지하는 베프의 자리부터 관심과 애정이 옅어지는 변방까지. 새로 사귄 친구에게 걸맞은 자리를 배정하느라, 교실에서는 몇 주 동안 시끌시끌한 탐색전이 계속되었다. 동심원의 바깥에는 다른 이름도 적힌다. 재수 없는 놈, 피하고 싶은 놈, 적극적으로 괴롭힐 놈 등. 승리는 어디에도 제 이름이 적히지 않기를 기도했다.
'하나님, 부처님, 알라신이여. 누구라도 좋으니, 제발 아무도 나한테 말 좀 걸지 않게 해 주세요.'
승리가 열렬하게 바라는 것은 오직 무관심. 관심을 달라고 조르는 것도 아니고, 그냥 관심을 끊어 달라는데 그게 그렇게 어려운 일인가. 승리의 간절한 기도는 매번 묵살당했다. 간 보는 주간이 끝나면, 과녁판 끄트머리에 노란 형광펜으로 승리의 이름을 새겨 놓은 놈들이 여지없이 등장했다.
"야, 더듬이!"

말 한 번 섞은 적도 없는데 어떻게 알았는지, 그들은 호기심이 번들거리는 눈빛으로 승리에게 말을 걸었다. 그 기분 나쁜 호출을 시작으로 일 년 동안 지겨운 본 게임이 시작되는 것이다.

승리는 방과후도 하지 않고, 학원도 다니지 않는다. 교회도, 절도 안 간다. 소속된 조직이 늘면, 그 수만큼 비슷한 과정을 또 겪어야 하기 때문이다. 하지만 동아리는 어쩔 수 없다. 필수니까.

교실 문틈으로 DB가 아이들을 모아 놓고 시시덕거리고 있는 것이 제일 먼저 눈에 들어왔다.

"씨발. X됐다."

자기도 모르게 욕이 터졌다. 이럴 때는 더듬지도 않는다.

'저 자식이 도대체 왜 여길!'

승리가 선택한 동아리는 봉사 동아리였다. 봉사 동아리를 선택한 이유는 승리가 원래 남을 도와주는 것을 좋아하는 착한 심성을 지녀서……는 아니다. 몇 단계의 가정과 추론의 사다리를 타고 최종적으로 도달한 곳이 여기였다.

봉사를 하겠다고 모인 자들은 아무래도 좀 순한 성격일 가능성이 크다는 합리적 추측. 임무를 분배하고 나면 각자 뿔뿔이 흩어질 수 있으니 부원들과의 접촉을 최소화할 수 있을 것이라는 계산. 목소리 큰 놈들이 인기 많은 동아리로 흩어지고 나면, 인기 없는 이런 동아리에는 승리와 비슷한 성향을 지닌 아싸들만 꼬일 거라는 기대. 이것이 봉사의 '봉'자에도 관심이 없는 승리가 이 동아리를 선택한 이유였다. 그런데 교실 문을 열기도 전에 안쪽에서 익숙한 목소리가 흘러나온 것이다.

DB다. 조병훈이라는 멀쩡한 이름을 놔두고 아이들은 병훈을 모두 DB라고 불렀다. 독 베이비(Dog Baby)의 줄임말이라는 주장과 독 버드(Dog Bird)의 약자라는 의견이 팽팽하게 맞섰지만, 어쨌거나 한국어로 번역하면 똑같았다. 개새. 한국어로 부르면 병훈이 지랄을 해서 아이들은 주로 영문 약자로 불렀다. 의외로 DB는 그렇게 불리는 것을 좋아했다. 제이와이피(JYP), 와이지(YG), 알엠(RM)처럼 뭔가 있어 보인다나?

DB를 보면 '명실상부' 또는 '명불허전' 같은 사자성어가 떠올랐다. DB라는 이름에 걸맞게, 병훈은 '내추럴 본 개새'였다. 조병훈이라는 세 글자는 승리의 저주 노트에 제일 많이 적힌 이름이다.

저주 노트 얘기가 나와서 말인데, 그 허접하고도 신비로운 사물도 알고 보면 DB와 불독이 함께 만들어 낸 신물이었다. 그날 승리는 아주 오랜만에 고함량의 분노를 느꼈다. 웬만한 도발에는 끄

떡도 하지 않을 만큼 내공이 깊은 승리였는데, 그날은 멘탈이 바스스 소리를 내며 무너져 버렸다. DB 때문이었다.

DB는 최근 패드립에 꽂혔다. 마피아도 가족은 건드리지 않는다는데, 승리의 엄마가 한국인이 아니라는 사실을 알게 된 뒤로 개새는 노다지라도 발견한 것처럼 날뛰었다.

"더듬이! 아침에 똥양꿍 먹고 왔냐? 똥양꿍은 똥으로 만드냐? 어쩐지 어디서 똥냄새가 난다 했다."

"어머니 잘 숨겨 드려라. 요즘 경찰들이 숨어 있는 똥남아 다 잡아간다더라."

그럴 때는 승리의 특기인 유체 이탈 신공도 먹히지 않았다. 그것은 건전지 빼듯 영혼을 잠깐 꺼내 놓는 기술로, DB가 입에서 똥을 싸지를 때마다 승리가 애용하던 테크닉이었다. 하지만 엄마에 대해서만은 소용없었다. 딴생각을 하려 해도 DB의 목소리가 레이저 광선처럼 모든 장애물을 뚫고 승리의 고막에 꽂혔다.

방법은 없었다. 그냥 견디는 것밖에는. 개새의 말보다, 그 말을 듣고도 아무것도 할 수 없는 무기력에 승리는 더 괴로웠다. 심장 어디쯤에서 압력밥솥 안의 수증기처럼 분노가 부풀어 올라 금방이라도 갈비뼈가 "우두둑" 소리를 내며 뜯어질 것 같았다. '불행은 혼자 오는 법이 없다'고 했던가. 게다가 1교시부터 문학이다.

그날의 수업은 〈구지가〉.

"거북아, 거북아, 머리를 내어라, 내어 놓지 않으면, 구워 먹으리."

맥없이 교과서의 글자를 눈으로 따라가던 승리는 깜짝 놀랐다.

'이게 시라고? 몹시 익숙한 느낌이 드는 것은 기분 탓인가?'

"오른쪽 맞을래, 왼쪽 맞을래? 둘 다 싫으면 돈을 쳐내 놓든가."

매번 고를 수 없는 옵션만 제시하는 절망의 객관식은 개새의 특기였다. 교과서가 오디오북도 아닌데, 글자가 소리가 되어 승리의 귀에 꽂혔다. 익숙한 DB의 음성으로.

승리가 더 놀란 것은 불독의 해석이었다.

"수백 명의 사람들이 원하는 것을 얻기 위해 이 노래를 불렀다고 한다. 왜? 고대 사람들은 '여러 사람의 입은 쇠도 녹인다'라는 말을 믿었거든. 즉 말에는 힘이 있다, 언어에는 주술성이 있다고 생각한 거지. 주술이 뭔지 알지? 영어로는 매직! 말만 해도 이루어진다는 뜻이야. 그러니까 니들도 늘 말조심해, 이것들아."

언제나처럼 뜬금없는 훈계의 말로 마무리된 불독의 수업은 그날 승리에게 큰 인상을 남겼다.

'언어의 주술성! 원하는 것을 막연하게 생각만 하지 말고 말로 하라는 소리지? 아브라카다브라! 말에 그런 무서운 힘이 있다니.'

어디서 읽은 글이 생각났다. 원시 부족이 나무를 쓰러뜨리는 방법. 매일 아침 부족민들이 나무한테 달려가 온갖 나쁜 말을 퍼부었더니 결국 아무 이유 없이 나무가 시들어 죽었다는 이야기. 어차피 아무것도 할 수 없다면, 밑져야 본전 아닌가. 승리의 가슴 속에서 폭발 직전의 욕설들이 어디라도 쏟아낼 곳 없냐며 아우성을 쳤다.

승리는 하굣길에 시내에서 제일 큰 문방구에 들렀다. 그러고는 거기서 가장 비싼 노트를 골랐다. 껍데기는 인조 가죽이었는데, 혹시 사용자가 다른 걸로 착각할까 봐 그러는지 앞표지에는 친절하게도 'NOTE BOOK'이라는 글자가 음각으로 새겨져 있다. 고풍스러운 폰트도 어쩐지 예사롭지 않았다.

집에 돌아온 승리는 노트의 첫 장을 폈다.

'나쁜 놈들은 앞으로 이 노트 안에서 다 죽었어!!!'

승리는 맨 앞장에 DB의 이름을 적었다. 무려 빨간색으로!

"조병훈조병훈조병훈좆병훈."

처음에는 4번.

"이런 개새. 죽어. 죽어. 죽어. 죽어."

한 글자씩 이름을 눌러 적으며 승리는 염원을 담아 저주를 퍼부었다. 볼펜을 잡은 손에 절로 힘이 들어갔다. 어쩐지 속이 좀 후련했다. 그렇지만 아무래도 4번은 약하다. 승리는 다시 똑같은 이름을 44번 적었다. 무려 빨간색으로. 손가락은 아픈데 기분은 좀 풀린다.

즉각적 효과가 있을 거라고 기대하지는 않았다. 그저 이런 흑마법이 언젠가 녀석에게 본때를 보여 줄 날이 있을지도 모른다는 바람 정도? 브라질에 있는 나비의 날갯짓이 텍사스에 토네이도를 몰고 올 수도 있다지 않은가! 그 상상만으로도 승리는 미량의 해방감을 느꼈다. 이후로도 DB가 DB처럼 군 날이면 승리의 노트에는 개새의 이름이 쌓여 갔다.

그런 DB가 하필 승리와 같은 동아리를 고른 것이다.

'아놔! 도대체 왜?'

승리를 발견한 DB는 시시덕거리던 것을 멈추고 승리에게 다가왔다.

"더듬이! 너도 우리 동아리냐? 말도 못 하는 새끼가 누굴 돕는다고! 아무튼 그 입만 열면 누구한테든 큰 웃음은 주시겠다. 그것도 일종의 봉사는 봉사지."

문 앞에서 들어가지도, 도로 나가지도 못하고 어정쩡하게 서 있던 승리의 어깨를 누가 뒤에서 톡톡 두드렸다.

"좀 비켜 줄래?"

돌아보니 육중한 놈이 어색한 표정으로 승리에게 미소를 지었다. 얼굴은 눈사람처럼 둥실둥실하고, 작은 눈은 살 속에 파묻혔다. 강아지상, 고양이상, 공룡상은 들어 봤어도 하마상은 처음이다.

"안녕? 나도 이 동아리야."

하마의 수줍은 미소를 마주한 순간, 승리는 본능적으로 안도감을 느꼈다.

'잘하면 혼자 죽지 않을 수도 있겠는걸? DB의 지랄도 이 녀석과 엔(N)빵 하면 절반이 되는 거 아닌가. 운 좋으면 개새의 제1 타깃이 내가 아닐 수도 있겠다.'

하마와 DB의 얼굴을 번갈아 보면서 승리가 속으로 계산기를 두드리는 동안, DB 역시 승리와 하마를 동시에 쳐다보며 흥미롭다는 듯 웃었다.

'갈굴 놈이 둘이면 재미도 두 배가 되겠는데?'

하마가 승리를 향해 해맑게 웃었다. 그렇게 하마와 승리는 파트너가 되었다.

대표 증상

상담실에는 열 명쯤 되는 사람들이 휴대폰에 얼굴을 묻고 대기 중이었다. 다들 어색한 듯 말이 없었다. 낯선 곳은 딱 질색이었지만, 잘못하면 죽을지도 모른다는 의사의 협박이 자꾸 생각나 승리는 다시 병원을 찾았다. 잠시 후, 하얀 가운을 입은 젊은 남자가 들어왔다.

그는 터무니없이 발랄한 목소리로 말문을 열었다.

"여러분, 반갑습니다. 지금 상당히 당황스러우시죠? 저도 그렇습니다. 사실 뭘 어떻게 해야 할지도 솔직히 잘 모르겠어요. 저 역시 이런 일은 처음이거든요. 하하하."

어울리지 않는 웃음을 남발하며 상담사는 사람들을 둘러보았다. 예상치 못한 말에 여기저기서 웅성거리는 소리가 터졌다.

"코로나 바이러스가 밀이에요, 정말 신출귀몰해요. 힘들게 백신을 만들면 곧바로 또 다른 변이가 나타나고, 후유증도 천차만별이고요. 그중에서도 지금 여러분들이 겪는 그 증상이 가장 충격적이라 할 수 있는데…… 결론부터 말씀드리면 현재 여러분의 증상은 원인도, 치료 방법도 알 수 없습니다."

서로 눈치만 보던 사람들이 비로소 우물쭈물 입을 열었다.

"그럼 왜 오라고 한 거예요?"

예상했던 질문이었는지 상담사는 다시 결연하게 말했다.

"지금부터 우리의 관심 대상은 바이러스가 아니에요. 바이러스가 아니라 인간, 즉 여러분들 자신에 대해 주목할 것입니다. 보시다시피 여기는 진료실이 아니라 상담실이고요, 아쉽지만 우리 병원은 아직 바이러스와 상담을 할 수 있는 인력을 갖추지 못했답니다. 하하하."

아무도 따라 웃는 사람이 없자, 상담사는 다시 엄숙한 표정으로 돌변했다.

"갑작스러운 봉변을 당해 마음이 많이 힘드시죠? 일단 놀란 가슴부터 진정시켜야지요. 이 상담의 목표는 여러분들이 겪고 있는 그 혼란스러움을 극복하도록 돕는 것입니다."

"그게 무슨 말이에요? 암튼 됐고, 도대체 내가 갑자기 왜 이러는 지나 알려 줘요."

중년의 여자가 다그치자, 상담사는 다시 말을 이어 갔다.

"왜 이러는지! 아쉽게도 그 메커니즘은 학자들도 명확하게 모릅니다. 워낙 순식간에 벌어진 일이라 그저 추측만 할 뿐이에요. 현재 가장 개연성 있는 가설은 이거예요. 강력한 코로나 바이러스가 숙주인 인간 유전자에 변이를 일으켜, 뭐랄까…… 까마득한 원시 시대, 즉 인간과 다른 종의 분리가 이루어지기 전 인간에게도 존재했던 다른 생명체의 유전적 특징이 어떤 이유인지 급격하게 표현 형질로 발현되고 있다는 것입니다."

"뭘 좀 알아듣게 말을 하라고."

노인 한 명이 짜증이 난 듯 항의했다. 그는 난감한 듯 잠깐 말을 멈췄다.

"쉽게 말해 코로나 바이러스 때문에 오래전에 도태되었던 다른 생명체의 특징이 사람한테도 드러난 것 같습니다."

"이렇게 갑자기요?"

후드티 모자 속에 얼굴을 파묻고 침묵하던 젊은 남자가 놀라 소리쳤다.

"믿을 수 없는 일이죠. 하시만 최근 몇 년간 믿을 수 없는 일이

하도 많이 벌어져서 이제 저는 어떤 것에도 놀라지 않습니다. 이렇게 생각하면 어떨까요? 겨우 백 년 전만 해도 인간종의 평균 신장은 지금보다 머리통 하나 정도는 더 작았어요. 요즘 애들은 훨씬 크지요. 진화론의 관점에서 보면 백 년은 찰나인데 말이죠. 똑같은 이치예요. 뭔가 변화가 시작되었는데, 그 속도가 말도 안 되게 빨라진 것뿐."

어차피 무슨 말을 해도 납득하기는 어려웠다. 사람들의 얼굴에 슬슬 피로가 번져 갔다.

"그럼 이곳에서는 뭘 하는 거예요?"

"좋은 질문! 이제 본론에 들어갈 준비가 되셨군요. 상담은 일종의 정신 서비스라고 할 수 있습니다. '내가 미친 게 아닐까?' 혼자 끙끙 앓던 분들은 이 시간을 통해 '나만 그런 게 아니구나!' 위로받게 될 것입니다. 그것만으로도 벌써 절반은 치료된 것이나 다름없어요. 현대인들의 가장 큰 마음의 병이 어디에서 오는 줄 아세요? 바로 상대적 박탈감! '남들은 괜찮은 것 같은데 왜 나만 이렇게 힘들지?' 그런 생각이 병을 키우는 겁니다. 근데 사람의 마음이라는 게 참 간사해요. 이 말을 뒤집으면 그것도 말이 된다는 거죠. 힘들어서 당장 죽을 것 같던 사람들도, 나만 그런 게 아니었다는 걸 알면 금세 괜찮아진다는 겁니다. 오늘 상담의 목적은 바로 그거예요. 말하기 힘들었던 나만의 증상을 털어놓고, 다른 사람의 이야기도 듣고, 혹시 어려움이 있으면 다 같이 머리를 맞대고 방법도 찾아보고……. 그 모든 과정을 함께 나누면서 서로 힘을 얻어 가는 거죠. 이 문제에 대한 최고의 처방전은 동병상련이에요."

한참 망설이던 승리가 용기를 냈다.

"그, 근데 왜애 주…… 죽을지도 모오오른다고 했어요?"

역시나 사람들의 시선이 일제히 승리에게 쏠렸다.

"정체성의 혼란은 자해 욕망을 자극한다……는 것이 공식적 명분이지만 그건 다 헛소리고, 사람들이 귀찮다고 안 올까 봐 약간 겁을 준 겁니다. 사실 이 상담의 비용은 법정 감염병에 대한 연장 치료로 간주하여 모두 공짜입니다. (병원에도 상담 환자 한 명당 두둑한 지원금이 떨어지고요) 이런 말까지는 하지 않으려고 했는데, 대표 증상이 발현된 환자들은 다른 사람들보다 정신적, 물질적 환경이 열악하다는 통계가 있어요. 다들 상담 전에 문진 받으셨죠? (쾌적한 환경에서 행복하게 잘 먹고 잘사는 사람 중에는 유병자가 거의 없다니까요) 프로그램 참여자에게는 나라에서 생필품이나 영양제 같은 선물도 주니까, 서로 손해 볼 게 전혀 없다는 말씀이죠. 하하. 이제 이해가 되셨다면, 지금부터 각자의 증상을 털어놔 볼까요?"

'이런 젠장. 모르는 사람들 앞에서 얘기하는 거였나?'

할 말을 마친 상담사가 의자 배열을 동그랗게 바꾸는 것을 보고 승리는 난감함을 느꼈다. 아무래도 슬그머니 빠져나와야겠다고 생각하는데, 의사가 다시 말문을 열었다.

"발언은 원하는 분만 하시면 됩니다. 개인 정보라 오픈을 강요하지 않습니다. 다른 사람에게 조언하고 싶으면 그것도 자유입니다. 하지만 털어놓고 나면 후련해질 거예요. 위로도 받고요. 물론 여기서 들은 이야기는 밖에선 다들 비밀입니다."

억지로 말하지 않아도 된다는 말에 승리는 절반쯤 일으켰던 엉덩이를 도로 의자에 내려놓았다. 남들은 어떤지 문득 궁금해졌기 때문이다. 다른 이들도 승리랑 비슷한 마음인 것 같았다. 입을 여는 사람도, 방을 나가는 사람도 없었다. 어색함에 괜히 몸을 꼼지락거리던 그때, 마침내 한 여자가 침묵을 깨뜨렸다.

"이런 썰렁한 분위기는 정말 못 참겠다니까. 그냥 내가 먼저 얘기할게요."

목 늘어난 니트를 걸친 젊은 여자가 자기는 공시생이라고 소개한 뒤, 곧바로 말을 시작했다.

"솔직히 저는 이게 치료가 필요한 건지 잘 모르겠어요. 아까부터 자꾸 위로를 받으라고 하는데, 나는 오히려 좋거든요. 코로나를 심하게 앓고 난 후였어요. 지금 사는 고시원이 중앙난방인데

영하 10도 아래로 내려가기 전에는 보일러를 안 틀어 줘요. 원래 추위를 많이 타는데 돈은 없고…… 별로 희망이 보이지 않는 자에게 겨울은 너무 가혹한 계절이지요. 깜깜한 밤에는 특히 더 우울했어요. 그날도 추위 때문에 한참을 뒤척이다가 겨우 잠이 들었지 뭐예요. 깜빡 졸다가 깼는데 뭔가 이상한 거예요. 뭐랄까, 완벽하게…… 안락했어요. 하나도 춥지 않고."

여기까지 말하고 나서 여자는 사람들을 둘러보았다. 다들 초롱초롱한 눈빛으로 여자의 다음 말을 기다렸다.

"제가…… 공이 된 거예요."

"???"

"제 몸이 축구공처럼 말렸다고요. 동그랗게 몸을 말고 자니까, 냉기도 스미지 않고, 체열이 밖으로 빠져나가지 않아 정말 따뜻했어요. 몇 년 만에 처음으로 깊은 잠을 잤어요. 썰렁한 방에 누우면 어깨도 시리고 손발이 차가워 불면증에 시달렸거든요. 잠자리에 누워서 매일 생각했어요. 제발 좀 안락하고 따뜻하게 자고 싶다……. 그런데 이제는 문제없죠."

"신기하네."

"사람이 공처럼 말린다고? 쥐며느리야?"

"나도 추위 많이 타는데, 저건 정말 부럽네."

사람들이 여기저기서 웅성거렸다. 아까부터 상담사는 서로 격려해 주라고 하지만, 여자에게 격려는 필요 없어 보였다.

"이게 다예요. 별로 특이할 건 없는데, 그래도 좀 이상하니까……."

여자가 포문을 열자 다른 사람들도 하나둘 사연을 털어놓기 시작했다. 아까부터 고개를 들지 못하고 땅바닥만 쳐다보던 중년 여자가 오래도록 망설이다가 겨우 이야기를 시작했다. 어느 날부터 갑자기 눈이 너무 잘 보인다는 것이다. 시력이 조금 좋아진 정도가 아니라, 최고급 사양의 망원 렌즈를 장착한 듯 아주 먼 곳까지 선명하게 보인다는 것. 산 중턱에서 산 아래 도로를 지나는 자동차 번호판까지 읽을 수 있다는 말에, 사람들은 동시에 탄성을 터뜨렸다. 10대로 보이는 여학생이 제일 격하게 반응했다.

"그럼 콘서트에서 굳이 앞자리를 구하려 애쓸 필요도 없겠네요? 잠실 운동장 맨 뒤에서도 BTS 얼굴이 생생하게 보일 거 아녜요!"

부러워하는 여학생을 바라보던 그녀가 우물쭈물 덧붙였다.

"근데 보고 싶지 않은 것도 자꾸 보이니 문제지요. 거실에서 창밖을 보면 앞 동 사람들이 지금 무슨 반찬을 먹고 있는지도 다 알 수 있어요. 한번은 나도 모르게 유리창으로 앞 동 부부랑 같이 영화를 보고 있더라니까요. 깨알 같은 자막도 잘만 보이니까. 혼자 사는 사람들은 욕실에서 옷을 입지 않고 밖으로 나온다는 것도 이번에 알게 됐지요."

혼자 사는 쥐며느리 아가씨의 얼굴이 발개졌다.

"말 그대로 매의 눈이네요. 고민이 아니라 자랑 같은데요? 그런 변화라면 뭐 나쁘지 않겠네. 난 아주 괴로워 죽겠다니까."

두꺼운 마스크를 쓴 청년이 은근한 웃음을 지으며 매의 눈을 지닌 아주머니에게 말했다. 자신은 평생 축농증을 앓아서 나잘 스프레이를 달고 살았는데, 코로나 이후 갑자기 코가 뻥 뚫렸다는 것이다.

"그럼 좋은 거 아냐?"

"시원하겠네!"

마치 자기 코가 뚫린 것처럼 여기저기서 환호성이 터졌다.

"저도 처음에는 그런 줄 알고 좋아했지요. 문제는 그게 다가 아니었어요. 어느 날부터 갑자기 냄새가…… 이 세상의 모든 냄새가 밀려드는 거예요. 향기가 아니라 냄새. 그게 어떤 기분이냐면……. 설명하기 조금 힘든데, 마치 시끄러운 클럽의 앰프 옆에 종일 서 있는 기분이라고나 할까? 후각 신경이 하도 시달려서 머리가 다 어지러울 지경이에요."

"게다가 다른 부작용도 있어요. 전봇대만 보면 저절로 킁킁거리게 되는 거예요. 걷다 보면 방금 이 길로 앞집 포메라니안이랑, 옆 골목 몰티즈가 지나갔구나……. 다 알 수 있어요. 환장한다고요. 이제 마스크를 두 장 이상 겹쳐 쓰지 않으면 집 밖에 나갈 수도 없어요. 맛있는 거 먹을 때마다 코가 뚫렸으면 좋겠다고 노래를 불렀었는데 이럴 줄 알았으면……."

"저런, 저런."

청년이 부루퉁하게 말하자, 사람들이 다 같이 혀를 찼다.

"다른 사람들 얘기를 들어 보니, 저는 완전 개꿀이네요."

반질반질한 추리닝을 입고 승리 옆에 앉아 있던 청년이 싱글거리며 끼어들었다.

"저는 그냥 직접 보여 드릴게요."

청년은 가방에서 휴대용 탁상 선풍기를 꺼냈다. 난데없이 소품까지 등장하자, 사람들은 구경거리라도 벌어진 듯 고개를 빼고 청년에게 집중했다. 청년은 사람들을 한 번 쭈욱 둘러본 뒤, 선풍기를 두 손으로 감싸 쥐었다. 잠시 후 서서히 선풍기 날개가 돌아가기 시작했다.

"와! 이게 뭐야? 마술인가?"

관객의 호응에 신이 난 청년은 옆자리 승리의 휴대폰을 집어 들었다. 핸드폰 액정에서 '충전 중' 표시가 떴다.

"이게 뭐지?"

승리는 보고도 믿어지지 않아 눈을 비볐다.

"제가 자취를 해요. 얼마 전에 코로나에 걸려 혼자 끙끙 앓다, 빈속에 약을 먹으면 안 될 것 같아서 커피포트에 물을 부었어요. 컵라면이라도 끓일까 했던 거지요. 그런데 그만 전기가 딱 끊긴 거예요. 알바하다가 잘려서 공과금이 좀 밀렸거든요. 캄캄한 방에 누워 있는데 배는 고프고, 인생이 너무 비참했어요. 내 앞날에는 빛이 없구나 싶고, 서글픈 마음에 눈물도 흐르고."

'그 심정…… 나도 잘 알지.'

듣고 있던 승리는 괜스레 코끝이 찡해졌다. 다른 사람들도 여기 저기서 코를 훌쩍거렸다.

"한참 울다가 목이 말라서 커피포트에 담긴 물이라도 마시려고 주전자 손잡이를 잡는 순간! 주전자가 서서히 끓기 시작하는 거예요."

"진짜 신기하네. 이번에는 전기뱀장어인가? 우리 집은 전기세 아끼느라 여간하면 빨래도 손으로 하는데……. 난 다른 깃보다 이게 제일 부럽구먼. 맞다! 저기 에어컨 좀 돌려 봐. 아까부터 좀 더웠는데 잘됐네."

한 아주머니가 상담실 구석에 있는 스탠드 에어컨을 가리켰다.

"못 해요. 핸드폰 충전하거나 잠깐 커피 물 끓이는 정도가 다예요. 선풍기도 탁상용. 컨디션 좋으면 전자레인지까지는 오케이. 그래도 그게 어디예요? 깜깜했던 방에서 스탠드 전구에 불을 밝히고, 따뜻한 믹스 커피라도 한 잔 마시면 기운이 좀 나요. 어쩐지 내 인생의 어둠도 이렇게 조금은 밀어낼 수 있을 것 같고. 촌스럽게 내가 너무 오버했나?"

청년의 사연에 사람들은 자기 일처럼 좋아했다. 벌써 친해졌는지 옆 사람과 연락처를 주고받는 사람들도 있었다. 상담사는 별로 말도 하지 않았는데, 사람들의 표정은 처음보다 훨씬 밝아져 있었다. 의사 말대로 상담이 나름 효과가 있는 걸까?

'나 혼자 겪는 일이 아니었구나. 이상하지만 딱히 불편한 것도 없고.'

처음 상담실에 모였을 때보다 다들 표정이 편안해졌다. 가공할 초능력과는 거리가 멀고, 타인의 삶을 침범하지 않는 지독히 개인적인 현상이지만, 도무지 이해할 수 없는 변화에 그동안 몸보다 마음이 불편했었다. 하지만 이제 이들은 무서운 병 끝에 손님처럼 찾아온 자신의 변화를 기꺼이 받아들이기 시작했다.

슬슬 자기 차례가 다가오는 것 같아, 승리는 슬며시 자리에서 일어섰다. 주섬주섬 짐을 챙겨 상담실을 빠져나갈 때까지 그것을 알아채는 사람은 아무도 없었다.

반전

교문 앞을 나서는데 아는 얼굴이 승리를 부른다. 형사다. 다시 온 걸 보니 유 선생은 아직 찾지 못한 모양이었다. 가져간 책은 지능범죄수사팀에 분석을 맡겼다며, 형사는 의심스러운 표정으로 승리의 기색을 살폈다.

"지난번에는 어른이 말을 하는데 마음대로 사라지고 말이야, 응? 이번에는 사실대로 대답해야 한다. 평소에 노인과 주로 무슨 얘기를 했지? 네가 밀실에서 노인과 함께 꿍꿍이를 꾸미는 것 같다는 제보가 있어."

작은 수첩에 무언가를 적으며 형사는 실눈을 떴다. 제보자는 뻔했다. 실종 신고도, 다른 제보도 모두 한 사람 짓이다. 동네 이장의 집은 유 선생 집에서 멀지 않다. 이 동네 민원이나 제보는 대부분 이상 부인인 선자 씨의 입에서 나온 것이다. 주민센터 직원들이 회식 자리에서 자신을 '지긋지긋 민원 왕'으로 뽑았다는 소문을 들은 후, 그녀의 기세는 더 거침이 없었다.

민원 왕이 무슨 국회의원이라도 되는 줄 아는지, 선자 씨는 만나는 사람마다 붙잡고 당선 소감을 피력했다. 공직자 남편을 내조하려고 노력한 것도 맞지만, 사실은 부당한 것을 보면 참지 못하는 자신의 대쪽 같은 성격 때문에 그런 영광을 얻은 것 같다며, 선자 씨는 앞에 붙은 '지긋지긋'은 산뜻하게 날려 버리고 '왕'으로서의 위세를 자랑했다.

선자 씨가 왕으로 등극한 데에는 열두 폭 치마처럼 넓은 그녀의 오지랖이 한몫했다. 사람에 대한 근거 없는 억측, 사건의 선후를 뒤바꾼 악마의 편집, 상상력 풍부한 가짜 뉴스 생산이 선자 씨의 전공 분야였다.

한편 형사는 모든 제보자의 말은 진실이라고 믿는 팔랑귀였다. 피의자의 말은 거짓, 제보자의 말은 진실. 이렇게 바둑돌처럼 분명한 흑백 논리를 신봉했다. 남들보다 현저하게 사건 해결 능력이 떨어지는 이유가 그 선명한 이분법 때문이라는 것은 꿈에도 몰랐다. 언제든 일러바칠 말이 넘쳐 나는 선자 씨는 형사의 가장 귀중

한 정보원이었다.

현재 제1의 용의자는 여전히 승리다. 선자 씨가 흘린 정보에 따르면 승리의 엄마는 한국인이 아니다.

정승리-다문화 가정★

형사는 승리에 관한 정보를 수첩에 적은 뒤, 밑줄을 긋고 그 옆에 별까지 붙였다. 다문화 가정이라니! 이건 정말 심상치 않은 증거다. 은밀한 숨을 몰아쉬며, 형사가 곁눈으로 승리의 안색을 살폈다.

과연 학교생활도 평범치 않았다고 한다. 핏불테리어를 닮은 한 교사는 승리가 수업 시간에 발표를 시켜도 좀처럼 입을 열지 않는다면서 속으로 무슨 생각을 하는지 꿍꿍이를 모를 놈이라고 했다.

꿍꿍이 많음.

이 정도면 빼박이라고 형사는 나지막이 읊조렸다. 범인들을 심문할 때마다 형사도 비슷한 느낌을 받았다.

'도무지 꿍꿍이를 모르겠군.'

범인들은 꿍꿍이를 모르겠고, 승리도 그러하니 결국 승리도 범인일 확률이 높다. 완벽하게 똑떨어지는 삼단 논법이 아닌가.

결정적으로 녀석의 방에서 실종자의 물건이 발견되었다. 녀석은 노인이 준 거라고 주장하지만, 그걸 증명해 줄 증인을 데려오지 않는다면 빠져나가기는 힘들 것이다.

"그 집에서 주로 무슨 짓을 벌였냐니까!"

형사의 다그침에 승리는 다시 말문이 막혔다. 승리는 유 선생과의 첫 만남을 떠올렸다. 퉁명스럽기로는 그녀도 못지않았다.

봉사부 짱은 DB였다. 추천도, 투표도 없었지만 개새가 당연한 듯 짱으로 행세하자 문제 삼는 사람은 아무도 없었다. 주민센터에선 올해 '따뜻한 손'에서 선택할 수 있는 봉사 활동 리스트를 보내왔다. 공원 쓰레기 줍기, 지역 행사 안내하기, 유기견 센터 배설물 치우기, 저소득 아동 돌봄교실에서 초등학생 숙제 봐 주기 등속의 일이었다. 유인물을 대충 훑어본 뒤, DB는 자기 마음대로 임무를 배분했다. 부원들의 의견 같은 것은 처음부터 아예 물을 생각도 하지 않았다.

승리와 하마는 한 조가 되었다. 승리 조의 일은 독거노인 방문. 마을 끝에 혼자 사는 노인의 집에 주기적으로 들러서 쌀, 햇반, 김치, 세제 같은 것을 전달하고, 힘에 부치는 일을 돕는 것이다.

승리는 안도했다. 뭔가 묘한 표정으로 낄낄거리는 DB를 보며 최악을 상상했는데, 이 정도면 나쁘지 않았다. 상대가 힘없는 노인인데 별다른 리스크가 있을 것 같지는 않았다. 설마 남고생에게 요리, 빨래 같은 집안일을 시키지는 않겠지. 업무를 분배하며 DB가 실실 쪼갠 것이 조금 찝찝했지만, 더는 묻지 않았다. 달라질 것은 없기 때문이다.

"물건만 내려놓고 오면 안 된다? 일주일에 한 번이니까 크게 부담스럽지는 않을 거야. 가면 뭐 도와드릴 일이 없냐고 먼저 여쭤보고 될 수 있으면 해결해 드려. 성격이 좀 까칠하신데, 너무 걱정하지는 말고."

햇반과 김치가 담긴 박스를 내밀며 주민센터 누나가 당부했다. 걱정하지 말라는 말처럼 걱정스러운 말이 또 있을까. 불길한 예감에 승리는 하마의 얼굴을 쳐다보았다. 하마는 지도 앱에 노인의 집 주소를 찍고 길을 찾는 중이었다. 어쩐지 태평해 보이는 하마를 보니 불안감도 서서히 녹아내렸다.

대문을 두드리자 깡마른 노인이 문을 열었다. 가장자리가 뱅뱅 돌아가는 두꺼운 안경 렌즈 너머에서 뭔가 못마땅한 두 개의 눈동자가 승리를 노려보았다. 승리와 하마는 인사하는 것도 잊은 채 멀뚱히 노인을 쳐다보았다. 상상했던 독거노인의 모습은 아니었다.

머리카락은 완벽한 백발이었지만, 허리는 꼿꼿했다. 연한 청바지에 은회색 시폰 셔츠. 동네에서 마주치던 할머니들과는 차림새도 달랐다. 할머니들은 대체로 꽃무늬를 선호하고, 단색보다는 원색, 뻣뻣한 데님이 아니라 신축성 좋은 나일론 바지를 즐겨 입지 않나? 이것도 선입견이기는 하지만.

"안녕하세요. 할머니. 강나루 고등학교 봉사 동아리의 신규철이라고 합니다."

하마가 먼저 싹싹한 목소리로 인사를 했다.

"너는?"

우물쭈물하는 승리에게 노인이 물었다.

"아, 아, 아, 안녕하세요. 저, 저어엉 승리라고 합니다."

"뭐야, 겁먹은 거야? 더듬기는 왜 그렇게 더듬어? 누가 잡아먹는데?"

승리의 얼굴이 빨개졌다. 초면에 이렇게 대놓고 조롱하는 어른은 오랜만이다. 친하게 지내기는 벌써 글렀다.

"할머니, 저희는 앞으로 수요일마다 방문할 예정입니다. 갑자기 찾아와서 놀라셨죠? 혹시 시키실 일 있으시면 다음에 말씀해 주세요. 오늘은 첫날이니까, 그만 가 봐도 될까요?"

승리의 표정이 굳어지자, 하마가 눈치를 보며 물었다. 잔뜩 졸아붙기는 하마도 크게 다르지 않았다.

"따라 와."

노인은 짤막하게 내뱉고 대문에서 뒷마당으로 이어지는 좁은 길을 따라 사라졌다.

'그냥 도망갈까?'

승리가 하마에게 눈으로 물었다. 소심한 하마는 승리를 앞세우고 노인의 뒤를 따랐다.

밖에서는 낡고 허름한 단층집밖에 보이지 않았는데, 벽을 끼고 돌아가니 집 뒤에 커다란 안뜰이 나타났다. 잔디밭 가장자리를 잎사귀 무성한 나무들이 둘러싸고 있어서 밖에서는 이런 곳이 숨어 있는 줄 몰랐던 것이다. 넓은 마당이 끝나는 곳에는 뜻밖에 거대하고 웅장한 집 한 채가 자리 잡고 있었다. 담쟁이가 집을 뒤덮어, 얼핏 보면 거기에 집이 있다는 것도 눈치채기 어려웠다. 하지만 규모로 보나 허우대로 보나 담쟁이 집이 이곳의 진짜 주인공이었다.

생각지도 못한 광경에 승리와 하마는 입을 다물지 못했다. 집

뒤쪽으로 뻗은 산등성이에서 나무 냄새를 품은 시원한 바람이 불어왔다. 어쩌다 실수로 비밀의 화원에 들어온 동화 속의 방랑자가 된 기분이었다. 초록으로 뒤덮인 그곳에서 은발의 노인은 숲의 왕자 레골라스처럼 신비로웠다. 독거노인이라는 말이 환기하는 쇠락하고 쓸쓸한 이미지와는 전혀 달랐다.

"뭘 그렇게 얼빵한 표정으로 서 있어? 일 안 할 거야?"

노인의 일갈에 둘은 정신을 차렸다. 아까부터 노인은 담쟁이 집 앞에서 둘을 기다리고 있었다. 승리와 하마가 다가오자 노인은 커다란 문을 활짝 열어젖혔다. 흙냄새, 나무 냄새가 섞인 야릇한 향기가 실내로부터 밀려 나왔다.

그곳은 넓고 텅 빈 공간이었다. 문 안쪽에는 칸막이도, 벽도, 방도 없었다. 가구라고는 한쪽 벽에 붙여 놓은 기다란 책상 두 개와 아무렇게나 서 있는 여러 개의 책꽂이들뿐이었다. 공부방도 아니고 사무실도 아닌, 도무지 쓰임새를 알 수 없는 곳이었다. 아무튼 혼자 사는 노인과는 어울리지 않았다.

책상이나 책꽂이도 텅 비어서 실내는 한층 더 썰렁했다.

"야~호!"

갑자기 하마가 허공에 소리를 질렀다. 깜짝 놀라 승리가 쳐다보니, 하마가 해맑은 표정으로 말했다.

"수영장처럼 소리가 막 울리네?"

벽에 부딪힌 하마의 목소리가 메아리로 돌아왔다.

"따라 와."

노인이 다시 둘을 호출했다. 큰 집 옆에는 작은 창고가 껍딱지처럼 붙어 있다. 한눈에 보아도 김장독, 감자, 쌀 같은 식재료나 오래된 잡동사니가 차지하고 있을 법한 고택의 흔한 헛간이었다. 하지만 그곳을 독차지하고 있는 것은 어이없게도 책이었다. 어림잡아도 수백 권, 아니 수천 권도 넘을 것 같은 책더미가 창고 가득 쌓여 있었다.

"이 책들을 정리하는 거야. 그게 니가 할 일이야."

노인이 승리를 보며 말했다. 승리는 잽싸게 눈어림으로 견적을 냈다.

'역시 힘쓰는 일이었어. 하마도 힘 좀 쓸 것 같고……. 딱히 어려운 일은 아니군.'

해야 할 일이 무엇인지 알고 나니 조금 긴장이 풀렸다.

"할머니, 그럼 언제부터 시작할까요? 저희가 열심히 하면 그렇게 오래 걸리지는 않을 것 같은데요?"

의욕이 샘솟는지 하마가 씩씩한 목소리로 물었다.

"네 할 일은 따로 있어. 이까짓 일에 무슨 둘씩이나 붙는다고."

노인이 하마에게 말했다.

"그리고 내가 왜 니들 할머니냐? 난 자식도 없는데."

"그럼 뭐라고 불러요?"

"그냥 유 선생이라고 해. 그게 제일 익숙하니까."

미션

하마는 유 선생이 시킨 일을 하러 어디론가 사라지고, 집에는 승리와 노인만 남았다. 승리의 일은 창고의 책들을 담쟁이 집 안으로 옮기는 것이다. 힘만 쓰면 되는 줄 알았는데, 생각만큼 간단한 일이 아니었다. 노끈에 묶인 책더미 위에는 해묵은 먼지가 켜켜이 쌓여 있었다. 시작부터 마무리까지 거쳐야 할 단계가 많았다.

출발은 청소다. 헛간의 책들은 마당 평상 위에서 커다란 먼지떨이의 격한 마사지를 받고 난 후에야 비로소 본래의 때깔을 드러냈다. 꾸덕하게 굳어 지워지지 않는 묵은 때는 축축한 행주로 문지르고, 먼지와 습기는 다시 마른 헝겊으로 닦아 냈다. 광택이 날 때까지 몇 번이나 쓰다듬어야 비로소 준비 작업이 끝났다.

닦은 책을 책꽂이에 꽂기 전에도 할 일이 있었다. 실내 여기저기에 제멋대로 널브러진 책꽂이를 배열하는 일이다. 유 선생이 그려 준 설계도를 보며, 승리는 혼자 수십 개의 책꽂이를 이리저리 밀고 끌었다. 조금만 간격이 어긋나도 노인이 호통을 치는 바람에 무거운 책장을 몇 번이나 다시 옮겨야 했다.

팔에서 쥐가 나기 직전, 마침내 유 선생이 뚱하게 고개를 끄덕였다. 썩 마음에 들지는 않지만, 그 정도면 되었다는 표정이었다.

"이, 이제 가져다 꽂으면 돼요?"

깨끗하게 새로 단장한 책들이 방바닥에 수북이 쌓여 있다. 승리는 최대한 많은 책을 양팔로 집어 들고 노인에게 물었다.

'꽂는다고? 어디에?'

당황한 승리는 고개를 돌려, 방금까지 자신이 쓸고 닦은 책꽂이를 바라보았다.

'여기 말고 다른 곳이 또 있나?'

"아직 아니야. 생각의 정리가 끝나지 않았어."

노인의 단호한 대답에 승리는 의아했다.

'책꽂이에 책을 꽂는 일에 생각이 필요한가? 보통 키 순서대로 꽂지 않나? 큰 책끼리, 작은 책끼리 꽂아야 가지런해 보이지. 시리즈물은 당연히 함께 모아 두는 게 좋겠고. 아 참, 한국 책과 외국

책 정도는 나누는 게 깔끔하겠네. 또 뭐가 있더라? 옛날 책과 신간? 만화책과 안 만화책?'

승리의 머리가 빠르게 굴러 갔다. 태어나서 처음 해 보는 고민이었다.

'까다로운 노인이라더니, 역시!'

별걸 다 트집을 잡는다며 구시렁대려다가 입을 다물었다. 생각해 보니 책이 너무 많았다. 창고에는 아직 더 많은 책이 남아 있다. 아무렇게나 꽂았다가는 보고 싶은 책이 있어도 쉽게 찾을 수 없을 것 같았다. 과연 생각이 필요하겠다.

"오늘은 여기까지 하자."

유 선생은 피곤한 듯 의자에 기대어 눈을 감았다. 드디어 기다렸던 말이 흘러나오자 승리는 냉큼 문을 닫고 조용히 방을 빠져나왔다.

하마는 아직이다. 학교에서 노인의 집으로 오는 길 어귀에서 샛길로 빠지면 큰 강이 하나 있다. 하마는 거기에서 일했다. 대문을 나선 승리는 하마가 있는 곳으로 향했다.

강은 말굽자석처럼 마을을 크게 휘감고 지나갔다. 한가운데에는 다리 하나가 있어서, 그 다리를 건너면 행정 구역이 달라졌다.

옆 마을로 이동하는 가장 빠른 길은 다리를 통과하는 것이었다. 하지만 옆 동네에 볼일이 있어도 조금 먼 길로 돌아갈지언정 그 다리를 건너는 사람은 그리 많지 않았다. 몇 년에 한 번씩은 누군 가 그곳에서 몸을 던졌기 때문이다.

다리 한가운데에서 아래를 내려다보면, 흐르던 강물이 회오리 를 만들며 급격하게 물살이 사나워지는 지점이 있었다. 그 회오리 물살이 강바닥 쪽으로 소용돌이치기 때문에 거기로 떨어진 사람 은 중간에 마음이 바뀌어도 결코 살아 나올 수 없다고 했다. 소문 도 분분했다. 한번 붙잡으면 절대로 놓아 주지 않는 것이 전형적 인 물귀신의 소행이라고 주장하는 자들도 있었고, 그곳에 버뮤다 삼각 지대처럼 알 수 없는 우주의 자기장이 작동하는 것이라 믿는 〈신비한 TV 서프라이즈〉 마니아들도 있었다. 둘 다 오싹하기는 마찬가지였다.

하마의 일은 거기에서 무엇인가를 찾는 것이다. 인적이 드물어 주변은 늘 고요했고, 강변에는 어딘가에서 떠내려 온 잡동사니들 이 어지럽게 표류했다. 유 선생은 그 강에서 '반짝이는 것'을 찾아 오라고 했다.

'반짝이는 것이 대체 뭐지? 사금이라도 채취하라는 소린가? 이 거, 혹시 앵벌이?'

노인의 말에 승리는 온갖 의혹이 솟구쳤다. 승리는 반짝이는 게 뭐냐고 용기를 내어 물었다. 그녀는 실명하지 않아도 찾자마자 바로 알 수 있을 거라고 했다. 직접 하고 싶지만, 점점 눈이 안 보여 찾기가 어렵다는 것이다. 순한 하마는 흔쾌하게 대답했다. 어려서부터 자기는 물을 좋아했다고. 물에서 노는 것도 좋아했다고. 금방 찾을 수 있지 않겠냐고.

승리가 창고의 책을 마당으로 처음 꺼냈던 그날, 하마가 흥분한 표정으로 뛰어왔다. 반짝이는 것을 찾았다는 것이다. 하마는 커다란 자루를 들고 있었다.

'벌써? 이렇게 쉬운 거였나?'

승리는 손에 들고 있던 먼지떨이를 버리고 하마에게 달려갔다. 하마가 찾았다는 것이 무엇인지 궁금했다.

"거기에서 반짝이는 것은 다 집어 왔어요. 정말 많더라고요. 찾는 것이 이 중에 있겠지요?"

하마는 마당에 자루를 쏟았다. 자루에서 나온 것들은 오후의 햇살을 반사하며 일제히 반짝거렸다. 빈 콜라병, 깨진 유리 조각, 투명한 페트병, 절반쯤 녹슨 알루미늄 캔 같은 것들.

승리와 노인은 말을 잃었다.

"멍청한 녀석이로군. 어디서 이런 쓰레기들만. 다 틀렸어."

유 신생은 퉁명스럽게 쏘아붙이고 집 안으로 사라졌다. 승리도 어이가 없어 하마를 바라보았다. 실망한 노인도, 욕을 먹은 하마도 모두 신경 쓰였다. 하지만 하마는 노인에게 퉁을 먹고도 별로 기죽은 눈치가 아니었다. 여전히 해맑았고, 심지어 조금은 즐거워 보였다. 하마의 모습에 승리는 설레설레 고개를 흔들었다.

'역시 좀 모자란 놈인가 보군.'

사라졌던 노인이 커다란 부대 자루를 여러 개 가져와 바닥에 던졌다.

"분리수거 몰라?"

하마와 승리는 그녀가 내민 자루에 '반짝거리는 것'들을 나누어 담았다. 플라스틱, 유리, 캔. 각자 따로따로. 분리한 쓰레기는 마을의 재활용 수거장에 버렸다. 욕을 먹고도 어쩐지 신이 난 목소리로 하마가 소리쳤다.

"다음에는 더 잘해 볼게요."

오늘의 책

종속과목강문계.

우주의 시작은 카오스. 혼돈으로 가득한 이 세상에 일말의 질서를 바로 세운 것이 바로 분류 체계! 호랑이와 짚신벌레, 말미잘과 장수하늘소, 반점날개늪모기와 정승리를 통쳐서 동물이라고 부르기에는 모종의 불편한 마음이 존재하기에, 사람들은 위계의 사다리를 만들고 비슷한 놈들은 한데 묶었다.

유 선생은 지난주보다 한결 의욕이 넘쳤다.

"지금부터 내 말 똑똑히 들어. 이대로 하는 거야. 제대로 하지 않으면 기껏 일하고 욕먹는 수가 있어."

역시 친해지기 힘든 캐릭터다. 도와주는 사람한테 저따위로 얘기하다니. 일도 시작하기 전에 울컥 기분이 나빠졌다. 저주 노트에 이름 4번. 땅.땅.땅.

"종류별로 꽂는 거야. 분류가 뭔지는 알지?"

"조, 조, 종속과목강문계."

"맞아. 비슷한 거야. 같은 종류의 책을 한군데로 모으는 거지. 뒤죽박죽 멋대로 꽂으면 그 책과는 영원히 안녕이야. 다시는 찾을 수 없어. 큰 도서관에는 그렇게 실종된 책들이 아주 많아."

"그, 그럼 이제 어떻게 해요?"

"방법만 알면 쉬워. 고등학생쯤 되었으면 도서관에 가 본 적 있지? 그렇게 하면 돼."

"그, 그렇게가 뭔데요?"

"내가 그럴 줄 알았지. 외우지 못할 것 같아서 프린트해 왔다."

노인이 복사된 종이를 내밀었다.

보기만 해도 눈알이 돌아갔다. 승리는 책상에 산처럼 쌓인 책을 바라보았다. 한숨이 터졌다.

"책꽂이 옆면에 내가 숫자를 붙여 놓았으니, 그거 보면서 하나씩 가져다 꽂으면 돼. 일단 열 개 중 어디에 속하는지 거기까지만 해 보자. 알아들었냐? 대분류만 하라는 소리야. 그다음은 다시 생

000 총류	100 철학	200 종교	300 사회과학	400 자연과학
010 도서학, 서지학	110 형이상학	210 비교종교	310 통계학	410 수학
020 문헌정보학	120 인식론, 인과론, 인간학	220 불교	320 경제학	420 물리학
030 백과사전	130 철학의 체계	230 기독교	330 사회학, 사회문제	430 화학
040 강연집, 수필집, 연설문집	140 경학	240 도교	340 정치학	440 천문학
050 일반연속간행물	150 동양철학,사상	250 천도교	350 행정학	450 지학
060 일반학회, 단체, 협회, 기관	160 서양철학	260 신도	360 법학	460 광물학
070 신문, 언론, 저널리즘	170 논리학	270 힌두교, 브라만교	370 교육학	470 생명과학
080 일반전집, 총서	180 심리학	280 이슬람교(회교)	380 풍속, 예절, 민속학	480 식물학
090 향토자료	190 윤리학, 도덕철학	290 기타 제종교	390 국방, 군사학	490 동물학

500 기술과학	600 예술	700 언어	800 문학	900 역사
510 의학	610 건축물	710 한국어	310 한국문학	910 아시아
520 농업,농학	620 조각, 조형예술	720 중국어	320 중국문학	920 유럽
530 공학, 공업일반, 토목공학, 환경공학	630 공예, 장식미술	730 일본어, 기타아시아제어	330 일본문학, 기타아시아문학	930 아프리카
540 건축공학	640 서예	740 영어	840 영미문학	940 북아메리카
550 기계공학	650 회화, 도화	750 독일어	850 독일문학	950 남아메리카
560 전기공학, 전자공학	660 사진예술	760 프랑스어	860 프랑스문학	960 오세아니아
570 화학공학	670 음악	770 스페인어, 포르투갈어	870 스페인, 포르투갈문학	970 양극지방
580 제조업	680 공연예술, 매체예술	780 이탈리아어	880 이탈리아문학	980 지리
590 생활과학	690 오락, 스포츠	790 기타제어	890 기타제문학	990 전기

각해 봐야겠어. 나도 저 안에 무슨 책이 얼마나 있는지 알 수가 없다니까.”

책꽂이 옆면에는 000번부터 900번까지 적힌 A4 용지가 붙었다.

“800번이 제일 많을 거야.”

승리는 얼른 종이를 보았다.

‘800번은…… 문학.’

역시 한 번에 외우기는 어려웠다. 바닥에 어지럽게 쌓인 책을 보니, 얼른 책꽂이에 꽂아 넣기만 해도 속이 후련할 것 같았다.

'이제 방법을 정했으니 열심히 달려 보자.'

승리는 의욕적으로 작업에 돌입했다.

하지만 첫 번째 책을 집어 들자마자 문제에 봉착했다.

《침묵의 봄》.

'누구냐, 넌? 쉽기는 개뿔!'

엑스레이처럼 속을 꿰뚫어 볼 수 있는 것도 아니고, 대체 이 책들의 정체를 무슨 수로 안다는 말인가. 힘만 쓰면 될 줄 알았는데 난감했다. 책이라고는 몇 권 읽어 본 적도 없는 사람한테 내용물을 맞춰 보라니! 수술실 청소하라고 뽑은 알바생에게 집도를 맡기는 꼴이 아닌가.

"자, 그럼 시작해 볼까? 참, 제일 중요한 것을 깜빡했다. 책을 꽂기 전에 옆면이나 윗면을 잘 살펴봐. 인덱스 탭이 붙어 있는 책은 한쪽으로 따로 빼놓도록 해. 그것들은 종류와 상관없이 저쪽 책꽂이에 모아 두렴."

하고 싶은 말이 많았지만 억울하니까 오히려 입이 안 떨어졌다. 겨우 한다는 말이 이거였다.

"이, 이, 인덱스 탭이 뭐, 뭔데요?"

"책갈피 대신 페이지 옆에 붙이는 작은 포스트잇 같은 거."

노인이 장담하듯 쉬운 일은 아니었지만, 승리가 처음에 느낀 것만큼 터무니없이 어려운 일도 아니었다. 시집이나 소설처럼 자기 정체를 표지에 떡하니 실토하는 책들도 많았고, 또 이 세상에는 인터넷과 검색창이 있기 때문이다. 검색해도 애매한 경우는 그냥 유 선생에게 물어봤다. 가령 과학 에세이, 철학 에세이, 음악 에세이 등 상반된 카테고리 양쪽에 한 발씩 걸치고 '내가 누구게?' 하며 혀를 내미는 것들이나 《넛지》,《팩트풀니스》,《리바이어던》 등 무슨 뜻인지 짐작도 할 수 없는 외계어 같은 제목이나 《의무론》, 《자유론》,《군주론》,《자본론》,《통치론》처럼 검색하고 싶은 의욕조차 상실하게 만드는 고리타분한 제목의 책들이 그것이었다.

한 달이 넘어가니 대충 감이 잡혔다. 찾아보거나 물어보지 않아도 이제 웬만한 책은 어울리는 자리를 찾을 수 있게 되었다. 가끔은 노인한테 칭찬도 받았다.

"개보다 낫군."

'당구풍월(堂狗風月)'이라는 말이 괜히 있는 게 아니었다.

헷갈릴 때는 '저자의 말'을 살폈다. 쓴 자의 입으로 털어놓는 얘기니, 거기에 정답이 숨어 있을 것이다. 어쩌다 이 책을 썼는지, 독자에게 무슨 말을 하고 싶은지, 작가의 말을 꼼꼼히 읽으면 책의 정체를 알아채기는 어렵지 않았다.

승리는 조금씩 '저자의 말'에 빠져들었다. 종일 글쓴이의 육성을 읽다 보니, 어느새 작가라는 사람들과 친해진 기분마저 들었다.

'작가들은 이런 생각을 하며 사는구나.'

'한 가지 생각을 집요하게 품고 있다가 끝내 책으로 엮어 내는구나.'

'이 책은 어마어마한 걸작이라던데, 최초의 발상은 진짜 사소한 일이었군.'

'이 작가는 심각한 장애가 있는데도 이렇게 위대한 작품을 써 내다니, 아마 마음의 땅이 넓은 사람인가 보다.'

승리는 깜짝 놀랐다. 어느새 엄마처럼 생각하고 말하고 있었다.

"근데 이것들은 왜 붙여 놓은 거예요?"

노란 비닐 포스트잇이 붙은 책을 들고 승리가 물었다. 유 선생이 따로 빼놓으라고 말한 책들이 첫 번째 책꽂이에 쌓여 갔다.

"죽지 않으려고, 살려고…… 내가 모아 놓은 글들이야."

뜻밖의 진지한 대답에 놀라 승리는 손에 쥔 책을 내려다보았다.

'약이나 주사도 아니고, 책이 사람을 살린다고? 요리조리 살펴도 주술서나 마법서, 그런 종류는 아닌 것 같은데?'

노인은 목장갑을 벗더니 의자에 등을 기대고 눈을 감았다.

"어디 한번 읽어 봐."

"네? 이, 이, 이, 읽으라고요?"

"표시된 곳을 펴면 밑줄 친 단락이 있을 거야. 읽어 보라고."

"모, 모, 못 해요."

"보이는 대로 읽는 것도 못 해? 말만 더듬는 게 아닌가 보군."

승리는 얼굴이 벌겋게 달아올랐다.

'일부러 저러는 거다. 나한테 망신 주려고.'

자신을 벌주듯 교실에 세워 둔 불독과 다를 바가 없다. 세상 사람들은 틈만 나면 자신을 조롱할 기회를 노린다는 것을 깜박했다.

'잠깐이지만 좋은 사람이라고 생각한 내가 바보지.'

승리는 들고 있던 책을 소리 나게 내려놓고 그대로 내뺐다.

'봉사고 나발이고 이젠 끝이다.'

가방에서 노트를 꺼내 펴 보았다. 첫날 적었던 이름. 유은영. 빨간 펜으로 4번.

'봉사고 나발이고 끝이라고!'

마음속으로 사납게 외쳤건만 제길, 휴대폰을 두고 왔다. 보란 듯이 문까지 쾅 닫고 뛰쳐나왔는데, 금방 되돌아가자니 몹시 뻘쭘했다. 정신 승리가 필요한 순간이다.

생각해 보니 학기가 끝나지 않았는데 마음대로 봉사를 그만둘 수 있는 것도 아니고, 어른한테 너무 버릇없이 군 것도 마음에 걸렸다. 세상의 모든 할머니들은 아이들만 보면 으레 주머니 속에서 누룽지 맛 사탕이나 ABC 초콜릿을 꺼내 줄 만큼 인자할 거라고 믿은 자신의 편견이 문제지, 엄밀히 말하자면 노인의 잘못은 없다. 괴팍한 젊은이가 늙으면 괴팍한 늙은이가 되는 것뿐이다.

상황을 정돈하고 나니 딱히 화를 낼 이유가 없는 것 같다. 정신의 영토에 다시 평화가 밀려왔다. 승리는 머쓱한 표정으로 대문을 열었다.

"간 줄 알았는데?"

"할 일은 끝내야죠."

"읽어 줘. 부탁이야. …… 다시 읽으려고 갈무리해 두었는데, 이렇게 눈이 어두워질 줄 누가 알았겠어."

"그, 그, 그럼 오디오북을 들어요. 앱을 깔면 되는데……. 도와드릴까요?"

"역시 넌 바보가 맞구나! 내가 밑줄 그었던 그 대목을 읽고 싶다는데 무슨 오디오북이냐. 더구나 기름 발라 놓은 것처럼 뺀질뺀질한 성우 목소리는 듣기도 싫어. 사라락 종이 넘기는 소리도 나고, 읽다가 더듬기도 하고, 울컥 목이 메기도 하고, 그래야 독서지."

'하여튼 까다롭다니까. 그럼 직접 읽으시든가.'

승리는 떠꺼운 표정으로 대답했다.

"그, 그건 힘들어요. 누가 보고 있으면 마…… 말이 안 나와요."

"누가 본다는 거야. 알다시피 내 눈은 이 꼴인데. 이제 글자는 물론이고, 가끔 사람도 안 보여. 진짜 맛이 갔나 봐. 어떻게 사람이……. 지난번에는 분명 네가 앞에 있는데 이상하게 내 눈에 보이지 않더라니까. 우라질. 그러니까 이런 나는 그냥 없는 셈 치라고."

승리는 뜨끔했다.

'모르는 사이에 또 그랬었구나.'

긴장하면 자신도 모르게 '그렇게' 된다는 것을 승리는 처음 알았다.

"이제야 말이지만, 이 번잡스러운 대공사를 시작한 건 저 책들을 찾고 싶어서였어. 더 늦기 전에 한 번씩 다시 읽어 보려고. 처음에는 산더미 같은 책 무덤을 보며 어디서부터 건드려야 할지 엄두가 나지 않았지. 포기하고 있었는데, 동사무소에서 무슨 신청서를 쓰면 도와줄 수 있다고 해서 겨우 용기를 낸 거야."

승리는 자기 손을 내려다보았다. 나무로 가득한 방 안에서 승리의 손이 조금씩 갈색으로 변하기 시작했다. 팔이, 다리가, 몸통이, 마침내 승리의 몸이 어두운 공간 속으로 완벽하게 숨어 버렸다.

일렁이던 마음의 파도가 잔잔해졌다. 승리는 노인이 내밀었던 책을 집어 들었다.

《레미제라블》빅토르 위고.

묵직한 책 여기저기에 색 바랜 인덱스 종이가 나풀거렸다. 승리는 그중 한 페이지를 폈다. 파란 색연필 자국이 한 단락의 활자 아래 그림자처럼 드리웠다. 승리는 그 문장들이 푸른 파도 위를 항해하는 것 같다고 느꼈다. 승리는 멈칫했다. 어쩐지 남의 일기장을 훔쳐보는 것 같은 기분이 들었기 때문이다. 책을 쓴 사람은 따로 있겠지만, 그 순간 인덱스로 갈무리해 놓은 저 문장은 오롯이 노인의 것이다.

'글자 하나하나를 연필로 따라가면서 유 선생은 그때 무슨 생각을 했을까. 어떤 간절함이 먼지 자욱한 헛간 속에서 이 오래된 글들을 다시 소환한 것일까.'

승리는 문득 궁금했다.

마침내 승리의 입에서 떨리는 목소리가 흘러나왔다.

"세, 세, 세, 세, 세…… 상에 작은 것이라곤 아무것도 없다. 모든 것은 모든 것에 작용하고 있는 것이다. 한 마리의 진드기도 소중한 것이다. 작은 것도 큰 것이고, 큰 것도 작은 것이다. 모든 것은 필연 속에서 어울리고 있다. 태양에서 작은 벌레에 이르기까지 그 무수한 전체 속에는 하나도 소홀히 할 것은 없다. 망원경의 도달점이 현미경의 출발점이다. 하나의 곰팡이는 많은 꽃들이 모인 별자리다."[1]

좋은 말 같다. 완벽히 이해하지는 못했지만, 어쩐지 마음에 든다. 가슴이 찌릿했다. 승리는 무턱대고 고개를 끄덕였다.

처음이 어려웠지, 그다음부터는 일상이 되었다. 수요일이면 노인은 따뜻한 차를 준비하고 승리를 기다렸다. 서재에는 모과차 향기가 가득했다. 낭독을 하다 목이 잠기면 유 선생이 승리 쪽으로 슬며시 찻잔을 밀었다. 첫 문장이 소리가 되기까지는 여전히 시간이 필요했다. 눈으로는 글자를 보고 있는데, 말소리는 퇴근길에 엉켜 버린 시내의 자동차처럼 목구멍 안쪽에서 쉽사리 빠져나오지 못했다.

그럴 때마다 승리는 손에 들고 있는 책을 유심히 들여다보았다. 제목, 저자, 디자인, 종이 질감, 글자 폰트, 표지 안쪽에서 종종 만나게 되는 작가의 얼굴과 말. 한참 동안 책과 눈을 맞추면, 직육면체 사물 그 안에서 어떤 목소리가 '제발 꺼내 달라'고 승리를 조른

---

1 빅토르 위고, 《레미제라블》, 강영길 옮김, 일신서적출판사, 1990

다. 깜짝 놀라 주위를 둘러보면 지그시 눈 감은 유 선생이 승리에게 표정으로 얘기했다. 천천히 하라고. 자신에게 제일 많은 것은 시간이라고.

점점 요령도 늘었다. 유난히 힘든 날에는 기술을 발휘했다. 일단 한 글자만 소리 내 보는 것이다. 심호흡을 하고, 인덱스 붙은 페이지를 열어, 표시된 단락을 찾아, 휘파람 불 듯 첫 글자를 길게 불러 보는 것이다. '오늘도'라고 읽고 싶다면, 기나긴 '오오오ㅗㅗ ㅗㅗㅗㅗ'를 앞세우면 된다. 우물 속에서 긴 두레박을 건져 올리듯 한 음절의 글자를 오래오래 호출하면, 마침내 다음 말들이 비엔나소시지처럼 꼬리를 물고 따라왔다. 낭독이 시작되는 것이다.

'오늘은 무슨 책일까?'

노인에게 가는 길, 홀로 생각에 잠겼던 승리는 문득 놀랐다. 멀리 그 집 대문이 보이면 미리부터 손바닥에 땀이 고이곤 했는데, 언젠가부터 은근히 수요일을 고대하고 있었던 것이다.

'포춘 쿠키라고 했던가?'

승리는 자신의 책 읽기가 텔레비전에서 보았던 그 요상한 과자와 비슷하다고 생각했다. 달콤한 쿠키 속에 숨어 있는 행운의 쪽지. 우연히 만난 한 줄 글귀에 사람들은 웃음을 터뜨리고 위안을 받는다. 일상은 아무것도 변한 것이 없지만, 그 문장을 만나기 전과 만난 후의 나는 분명 다르다. 까맣게 프린트된 문자를 곱씹으면서 어쩐지 조금은 행복해지기도 하는 것이다.

살그머니 서재의 문을 열면 책상 위에는 유 선생이 낙점한 오늘의 책이 놓여 있다. 기분 좋은 설렘이 시작된다. 이 시간이 아니라면, 저 머나먼 그리스의 호방한 '조르바'를 어떻게 만날 수 있을까?

"이 남자는 학교의 문턱도 밟아 보지 못했으면서 정신은 누구보다 멀쩡하구나. 산전수전 다 겪으면서 지성이 열리고 가슴이 원시적인 담력으로 부풀어 올랐구나. 다른 사람들에게는 그토록 복잡하고 어려운 문제를 조르바는 마치 알렉산더 대왕이 고르디아스의 매듭을 단칼에 풀듯 풀어 버리는구나. 조르바는 머리끝부터 발끝까지 온몸을 대지에 발을 딛고 있기 때문에 좀처럼 실수를 범하지 않는 거야."[2]

"만사는 마음먹기 나름입니다. 믿음이 있습니까? 그러면 낡은 문설주에서 떼어낸 나뭇조각도 거룩한 성물이 될 수 있습니다. 믿음이 없나요? 그러면 거룩한 십자가도 그런 사람에겐 문설주나 다름없습니다."[3]

—
2.3 니코스 카잔차키스, 《그리스인 조르바》, 이윤기 옮김, 열린책들, 2009

짧은 문단으로 아쉬우면 책을 빌려 가서 나머지를 다 읽었다. 어려운 책도, 지루한 책도 있었지만 이미 노인을 살린다는 그 푸른 문장들에 매혹된 상태라서 마지막 페이지까지 완주할 때가 많았다. 고작 몇 줄의 글귀가 어째서 그녀에게 그토록 간절했는지, 책을 다 읽고 나면 조금은 알 것도 같았다. 작가는 다르지만 그들은 마치 한 목소리처럼 외치고 있었다. 고결한 마음을 잃어버리지 말라고, 정신의 영토를 비옥하게 일구라고, 인간이라면 그렇게 살아야 한다고.

엄마 없는 집에는 쓰레기가 쌓이고, 술 취한 아빠는 소리를 지르고, 개새는 심심하다는 이유로 번번이 세희의 발을 걸어 넘어뜨리고, 불독은 걸핏하면 승리에게 책을 읽으라며 킬킬거리는 그런 날. 무거운 발걸음으로 도착한 노인의 서재에서 자신을 기다리는 어떤 글을 만나면 가끔은 웃음이, 혹은 눈물이, 종종 헤아릴 수 없는 위로가 찾아왔다.

"정말로 중요한 것은 우리가 삶에 무엇을 기대하느냐가 아니라 삶이 우리에게 무엇을 기대하느냐는 것이다. 우리는 이것을 배워야 했고, 절망에 빠진 사람들에게 가르쳐 주어야 했다. 우리는 삶의 의미에 대해 질문하기를 멈추고, 대신 자신이 삶으로부터 끊임없이 질문을 받는다고 생각할 필요가 있었다. 우리의 대답은 말과 사고가 아니라 올바른 행동과 처신이어야 했다."[4]

"열무 삼십 단을 이고 / 시장에 간 우리 엄마 / 안 오시네, 해는 시든 지 오래 / 나는 찬밥처럼 방에 담겨 / 아무리 천천히 숙제를 해도 / 엄마 안 오시네, 배춧잎 같은 발소리 타박타박 / 안 들리네, 어둡고 무서워 / 금간 창틈으로 고요히 빗소리 / 빈방에 혼자 엎드려 훌쩍거리던 / 아주 먼 옛날 / 지금도 내 눈시울을 뜨겁게 하는 / 그 시절, 내 유년의 윗목"[5]

괜스레 감정이 울컥해서 말문이 막히면 승리는 미세먼지를 핑계 댔다. 먼지 때문에 목이 칼칼하다며 찻잔을 집어 들었다. 모과차를 한참 입에 물고 있으면 향기가 입안 가득 번지며 어쩐지 힘이 났다. 그럴 때마다 유 선생은 대상 없는 혼잣말을 중얼거렸다.

"여력이 있어야지. 그래야 살 수 있어."

여력. 남아 있는 힘.

"마음에 조금이라도 힘을 남겨 둬야 슬픔도, 두려움도, 억울함도 다 다스릴 수 있다고."

고개를 들 힘이 남아야 척추를 곤추세우고 현실을 똑똑히 볼 수

---

4 빅터 프랭클, 《죽음의 수용소에서》, 이소민 옮김, 제일출판사, 1993
5 기형도, 〈엄마 걱정〉, 《입 속의 검은 잎》, 문학과지성사, 2000

있다. 괜히 눈물이 핑 돌았다.

'이런 젠장. 쪽팔리게시리.'

슬쩍 노인을 살폈지만, 눈치채지는 못한 것 같았다. 승리는 마음속에 숨어 있다는 그 힘에 대해 생각했다. 이런 게 엄마가 말한 정신의 땅이라는 것인가.

그러나 삐걱대는 철 대문을 닫고 노인의 집을 나서는 순간, 다른 세상으로 연결된 마법의 문은 닫히고 허섭스레기 같은 일상으로 되돌아왔다. 쉬는 시간마다 DB와 똘마니들은 교실을 장악한 채 시시덕거리고, 선생들은 아무것도 들리지 않는 사람처럼 제 할 말만 하고 교실을 나갔다. 그럴 때마다 승리는 유 선생의 서재에서 읽었던 문장들을 떠올렸다. 어떤 구절은 또렷하게 기억났지만, 어떤 글귀는 가물가물했다. 승리는 중요한 걸 잊어 버린 듯 안타까웠다.

그다음 수요일, 낭독을 마친 승리가 가방에서 노트 한 권을 꺼냈다. 저주 노트였다. 무심코 가방에 손을 넣었는데 하필 그게 걸렸다. 승리는 노트를 거꾸로 돌려 맨 뒷장을 폈다. 그러고는 거기에 방금 자신의 마음을 다녀간 그 글귀들을 적어 내려가기 시작했다. 문장을 필사하는 일에 승리는 필사적으로 빠져들었다.

반짝이지 않는 것

‘혹시 오늘은 찾았으려나?’

먼저 일을 마친 승리는 하마가 있는 강에 들렀다. 하마는 보이지 않고, 적막한 강변에는 쓰레기만 나뒹굴었다.

‘오늘도 역시 허탕인가 보군.’

승리가 발걸음을 돌리려는데, 멀리 강 안쪽에서 하마가 나타났다. 커다란 부대 자루를 양손에 들고 하마는 천천히 물에서 걸어 나왔다. 승리를 발견한 하마가 손을 흔들었다. 머리카락에서 물이 뚝뚝 떨어졌다.

‘하마가 잠수를? 정말 하마라도 된 건가?’

"어⋯⋯떻게 된 거야?"

어느새 친해졌는지, 하마에게는 그나마 말이 잘 나왔다.

"거북이를 만났지 뭐야. 반짝이는 게 있나, 강바닥을 살피는데 물속에 거북이가 있었어. 목에 끈이 걸려 움직이지 못하더라고. 양파 자루 묶는 하얀 비닐 끈인데 자루가 물풀에 엉켜 빠져나올 수 없었던 거지. 내가 풀어 주지 않았으면 꼼짝없이 굶어 죽었을 거야."

"그, 근데 왜 물속에서 나와? 거북이 따라서 용왕님이라도 만나고 온 거야?"

"물풀에 엉킨 양파 자루를 떼어 내는데, 가만 보니 강바닥에 다른 것들도 많더라고. 강변만 돌아다닐 때는 몰랐는데, 강 안쪽은 더 심각해. 물풀 사이마다 비닐, 노끈 같은 게 뒤섞여 있어. 온갖 잡동사니가 바닥에 가라앉아 있고. 오늘 내가 건진 신발만 두 켤레야."

"무, 무섭지는 않아? 너도 들은 적 있지? 저 강에 물귀신이 산다고. 근처에만 가도 물속으로 잡아간다는데? 큭큭."

승리의 말에 하마도 키득키득 웃었다.

"우리 엄마가 나한테 제일 많이 하는 말이 뭔 줄 알아? '귀신은 뭐 하나 몰라. 저 새끼 안 잡아가고.' 물귀신도 귀신의 일종이니까 엄마 말에 따르면 나는 귀신이 절대 안 잡아가. 안심해."

"그, 그래도 조심해라. 여기는 사람도 없어서 물에 빠져도 아무도 모르겠다."

승리가 돌아가자 하마는 강변에 앉아 수건으로 젖은 머리를 털었다. 귀신보다 더 무서운 건 사람이다.

강변에서 스티로폼을 주워 담고 있는데, 누군가 옆구리를 걷어찼다. 하마는 물속에 엉덩방아를 찧고 나뒹굴었다. DB였다.

"내 말이 말 같지 않아? 씨발 새끼야?"

뒤뚱거리며 일어서는 하마를 개새가 다시 밀었다. 물속에 주저앉은 하마는 겁에 질린 표정으로 DB를 바라보았다.

"돈 될 만한 거 몇 개 집어 오는 게 힘들어? 눈도 잘 안 보이는 늙은이 집에서? 그 집, 사실 엄청나게 부자라던데? 겉으로 보이는 게 다가 아니라고, 아는 형들이 그랬다고. 밖에서 보면 후졌는데, 실제로는 그렇지 않다고."

"나는 거기 담당이 아니야. 봐봐, 나한테는 유 선생이 강에서 뭐 좀 도와 달라고 했다고."

하마는 우물쭈물 말했다.

"어쨌거나 그 집에 드나들기는 할 거 아냐. 내가 니들을 그 집에 배정한 이유가 뭔데? 다른 사람 비위 맞추기로는 너희만 한 새끼들이 없지. 늙은이가 열라 괴팍하다며. 동네에 소문이 다 났던데?
고분고분하게 굴다가 방심할 때 뭐라도 들고 나오라고!"

"거기에는 승리가……."

"아이씨, 닥치라고! 어쨌거나 너네 한 팀이잖아. 승린지 패밴지
그 새끼는 요즘 도무지 만날 수가 없어. 이상하단 말야. 분명 학교
에 올 텐데, 내 눈을 살살 피해 다니는지 통 볼 수가 없다니까. 그
러니까 너라도 시키는 대로 하란 말이야."

"그건 곤란해. 난 여기 강에서 일하니까……."

"아, 진짜 오늘 제대로 땡 받네? 야, 씨발아. 그렇게 강이 좋으면
아예 여기서 오래 살게 해 줘? 그냥 물속에 뼈를 묻을래?"

생각과 달리 아무리 윽박질러도 하마의 입에서 '알았다'는 말이
나오지 않았다. DB는 점점 더 흥분해서 날뛰었다. 강가에 굴러다
니는 마른 나뭇가지를 집어 들고, DB는 하마의 가슴을 찔러 댔다.

"똑바로 안 해? 똑바로 안 하냐! 내가 우습냐? 내가 우스워?"

DB는 나뭇가지로 하마의 몸통 여기저기를 찌르며 점점 다가왔
다. 하마는 강 안쪽으로 조금씩 뒷걸음쳤다. 개새의 마지막 일격
에 하마는 중심을 잃고 그대로 물속에 고꾸라졌다. 하마의 육중한
몸이 물살에 휩쓸려 사라졌다. 순식간에 벌어진 일이었다.

DB는 어찌할 바를 모른 채 주변을 두리번거렸다. 머릿속이 하

얗게 변했다. 조금 떨어진 곳에 그 유명한 다리가 보였다. 그 아래에서 세찬 회오리 물살이 무서운 소리를 내고 있었다. 이제 보니 한 걸음만 더 가까이 갔더라면 자신도 하마와 같은 처지가 될 뻔했다. 그 생각을 하니 온몸에 소름이 돋았다. DB는 허겁지겁 밖으로 빠져나왔다. 다시 주변을 살폈지만, 인기척은 없었다. 강물은 아무 일도 없었던 것처럼 태연하게 흐르는데, 하마의 모습만 보이지 않았다. 방금 벌어진 일이 믿어지지 않을 지경이었다.

후들거리는 다리를 양손으로 붙잡고 DB는 허겁지겁 그 자리에서 도망쳤다.

말의 힘

소설은 친절하다. 대부분 책 껍데기에 '소설'이라고 분명하게 쓰여 있기 때문이다. 내 자리가 어디인지 어디 한번 맞춰 보라고 승리를 시험에 빠뜨리지 않는다. 방금 창고에서 꺼낸 책 묶음은 죄다 소설이다. 고민 없이 한 자리에 꽂으면 된다.

"잠깐! 이건 나도 아는 건데?"

마른걸레로 표지를 닦던 승리가 멈칫했다.

《우리들의 일그러진 영웅》.

3월 모의고사 지문으로 출제되었던 책이다. 생전 들도 보도 못했던 책들만 만지다가, 드디어 아는 제목을 발견하니 빌보드 차트에서 BTS 이름을 만난 것만큼 반가웠다. 생각해 보니 지금까지 승리에게 소설은 지문이었다. 시도, 수필도, 희곡도, 송강 정철의 노래도 다 지문이다. 중간고사, 기말고사, 모의고사의 지문이다. 멋대로 읽었다가는 점수가 깎이고 등급이 폭락하는 덫이요, 함정이었다.

이곳에서 읽은 책들은 아름다웠다. 낭독을 하다 보면 롤러코스터에서 낙하할 때처럼 쿨렁, 가슴이 울렁거렸다. 사람을 살리는 글만 골라 놓았다더니 과연 뭔가 달랐다. 시험지에서 보았던 글을 노인의 책장에서 발견하니, 두 세계를 잇는 웜홀을 마주한 듯 기분이 이상했다.

승리는 하던 일을 멈추고 책장을 넘기기 시작했다. 적막한 방 안에서 홀로 책과 마주하니, 같은 몸에 다른 옷을 걸친 듯 눈앞의 활자가 온통 낯설었다. 승리는 손에 잡히는 대로 책의 중간을 펼쳤다.

지금 주인공은 헤어 나올 수 없는 덫에 걸려 있다. 숨이 붙어 있는 한 살아갈 수밖에 없는 것이 인생인데, 그 시간은 온통 울분으로 가득 차 있다. 이유 없이 짓밟히는 삶. 동아줄이 보이지 않는 절망의 시간들. 바닥까지 몰아붙이는 경멸과 야유의 함성. 마침내 그 거대한 힘에 굴복한 순간 소년의 영혼에 번지던 비참한 안락함까지.

무서운 손아귀가 책갈피에서 튀어나와 갑자기 목을 조르는 것 같아 승리는 황급히 책장을 덮었다. 마음이 세차게 요동쳤다.

'이런 적이 없었는데, 왜 이러지?'

읽는 내내 DB가 생각났다. 오늘도 개새는 이름값을 했다. 오늘의 주인공은 같은 반 세희였다. 세희는 어릴 때 병을 앓아 한쪽 다리가 조금 휘었다. DB가 붙여준 세희의 별명은 맷돌. 앞으로 한 발 내디딜 때마다 휜 오른쪽 다리가 바깥쪽으로 회전을 하기 때문이다.

세희는 할머니와 단둘이 산다. 아무리 괴롭힘을 당해도 항의하거나 신고할 부모는 없다. 보호해 줄 보호자가 없다는 점이 승리와 같았다. 이것은 DB가 매우 중요하게 생각하는 타깃의 제1조건이었다. DB의 먹잇감으로 세희는 승리와 1, 2위를 다툰다.

보호벽을 상실한 민달팽이처럼 세희 역시 근신의 태도가 몸에 뱄다. 교실 구석 자리에 앉아 종일 움직이지도 않고, 말도 하지 않았다. 누구에게도 발각되지 않도록 숨조차 조용히 쉬고 있다는 것을, 승리는 멀리서도 알 수 있었다. 하지만 아무리 튀고 싶지 않아도 입만 열면 자동으로 이목을 모으는 승리처럼 세희 역시 자리에 일어서는 순간 저절로 사람들의 관심을 끌어모았다.

교실 뒤에서 시시껄렁한 잡담을 하던 개새는 세희가 화장실을

갈 때마다 앞을 막고 큰 소리로 노래를 불렀다. DB가 만든 세희의
테마 송. '청춘을 돌려다오'는 '맷돌을 돌려다오'로, '야~ 야~ 야~
내 나이가 어때서'는 '내 다리가 어때서'로 가사를 바꾼 트로트 메
들리.

DB가 선창하면 녀석의 똘마니들도 다 같이 합세해서, 조금 있
으면 교실 전체에 떼창이 울려 퍼졌다. 노래가 끝날 때까지 뒷문
을 열어 주지 않아, 세희는 그 자리에 서서 고스란히 수모를 견뎌
야 했다. 유달리 아이들 호응이 좋은 날에는 시작종이 울릴 때까
지 노래를 반복했고, 그럴 때면 세희는 결국 화장실에 가지 못했
다. 학교에서는 물 한 모금 마시지 않고 버텨도, 이동 수업은 피할
수 없기에 체육이나 음악 수업이 있는 날이면 DB의 조롱도 극에
달했다.

그날은 단체 사진을 찍는 날이었다. 학생들은 일 년에 두 번 사
진을 찍는다. 봄꽃이 흐드러질 때와 단풍이 절정일 때. 가장 아름
다운 계절에 미리 기록을 남겼다가, 졸업 앨범에 3년 동안의 추억
을 싣는 것이다.

졸업 사진이라는 것이 까딱하면 평생에 남을 굴욕의 증거물이
될 수 있다면서, 아이들은 미리부터 경계심에 날을 세웠다. 그날

만큼은 아무리 화장을 떡칠해도 넘어가 준다는 것을 알기에, 여학생들은 로드숍으로 몰려가 온갖 아이템을 장만했고, 남학생들은 유행하는 컷으로 머리를 다듬었다. 학교 뒷산에 벚나무 꽃봉오리가 맺히고, 촬영 날짜를 알리는 가정 통신문이 배포되면 며칠 전부터 교실에는 들뜬 웃음소리가 흩날렸다. 햇살 좋은 5교시, 식곤증과 격한 전쟁을 치를 시간에 꽃향기 가득한 뒷산을 거닐 수 있다는 것만으로도 이미 충분히 행복했다. 별것 아닌 농담에도 다들 배를 잡고 깔깔거렸다.

지나치게 기분이 들떠서였을까? 점심시간 급식실에서 DB가 제육볶음을 쏟았다. 구석 자리에 앉아 있던 세희의 하얀 블라우스 위에. 별안간 봉변을 당한 세희가 의자에서 미끄러져 엉덩방아를 찧었다. 주변 시선이 한꺼번에 그들에게 쏠렸다. 보는 눈동자가 한둘이 아니라 개새는 냉큼 세희에게 사과했다.

"쏘리. 딴생각하다가 손이 미끄러졌네? 사진 찍을 생각하니 졸라 즐거워서 말야."

여기저기 널브러진 돼지고기를 천천히 젓가락으로 주워 담으며, DB가 세희에게 귓속말을 했다.

"맷돌! 설마 그런 꼬라지로 끼어 들려는 건 아니겠지?"

화장실에서 아무리 닦아내도, 고깃기름은 문지를수록 하얀 천

위에서 더 번져 갔다. 5교시, 운동장으로 이동하던 승리는 교실에 혼자 남아 있는 세희를 보았다. 자기 일도 아닌데, 오늘따라 화가 났다. 맨 뒷줄에 서 있던 승리의 모습이 카메라 셔터를 누르는 순간 희미해졌다.

"무슨 일 있어?"

유 선생이 물었다.

"별로."

"목소리만 들어도 알겠구만. 내키지 않으면 오늘은 일찍 들어가든지."

"괜찮아요. 조금 열 받는 일이 있는데⋯⋯. 노트에 끄적이면 돼요."

"노트라니 무슨?"

"있어요. 그런 거. 저주 노트. 패 주고 싶은 놈이 있어도 그럴 수 없으니 노트에 대신 하는 거죠. 원조는 데스노트겠지만, 아무래도 '데스'는 너무 심한 것 같고, 소심하게 재수 옴 붙으라고 저주하는 정도예요."

"오호! 신박한데? 방법은?"

"저주에는 빨간 펜이 국룰이죠. 빨간 펜으로 욕하면서 이름을 썼요. 학교에서 배웠는데, 말에는 힘이 있다면서요."

"효과는 좀 있고?"

"있겠어요? 혼자 스트레스 푸는 거예요. 그래도 혹시 모르죠. 은행에 푼돈을 적금으로 부으면, 나중에는 목돈으로 불어 나잖아요? 저주도 그렇게 될지 누가 알겠어요. 당장은 아니더라도 언젠가 치질도 걸리고, 무좀도 옮고, 개똥도 밟고 그럴지도요. 열라 구차하죠. 그냥 정신 승리하는 거예요."

"그 노트 한번 구경하고 싶네."

"그건 안 돼요. 당사자한테 보여 주기는 좀 그렇잖아요."

"나도 등장하는군."

"앗! 죄송해요. 처음에 놀렸잖아요. 그래도 4번밖에 안 썼어요. 한 번에 444번 적은 놈도 있거든요. …… 지울게요."

"꼭 지워라. 말에는 힘이 있다는 말에 동의하는 편이라서."

저주 노트에 대해서 다른 사람한테 이야기한 것은 처음이다. 말에 힘이 있다는 생각에 동의하는 사람도 처음.

"그런데 앞으로는 다른 방법도 써 보는 건 어떠냐? 앱도 주기적으로 업데이트하는 세상에."

"다른 방법이 있어요?"

"말에는 힘이 있지. 그리고 이런 말도 있어. '이야기는 힘이 세다.'"

이야기의 힘

아빠는 일을 가끔 나갔다. 코로나 때문에 일감이 많지 않다고
했다. 한 번에 3일을 넘기지 않았고, 일을 다녀오면 한참 동안 쉬
었다. 언젠가부터 집에도 슬그머니 들어왔다. 대문을 박차도 달려
나올 엄마는 없고, 승리도 어쩐지 찾을 때마다 보이지 않았기 때
문이다. 처음에는 걸핏하면 엄마에게 전화를 걸어 화를 내더니, 이
제는 그나마도 조용해졌다. 아무리 생난리를 피워도 목만 아플 뿐,
막힌 하늘길을 뚫을 방법이 없다는 사실을 받아들인 것이다.

엄마는 며칠에 한 번씩 승리에게 전화했다. 태국어로 알아듣지
도 못 하는 말을 빠르게 쏟아 내다가 주춤 정신을 차리고, 이번에
는 어눌한 한국어로 울먹거렸다. 할머니가 위독하다고, 고비만 넘

기면 얼른 돌아오겠다고. 승리는 대답 대신 고개를 끄덕였다. 휴대폰 화면 속의 엄마는 전보다 훨씬 마르고 초췌했다. 엄마가 보는 승리의 모습도 비슷한 모양이었다. 잘 먹고 다니라고, 열 번도 넘게 당부하는 것을 보면.

전화를 끊고 승리는 책을 폈다. 《앵무새 죽이기》는 유 선생이 준 것이다. 며칠 전, 선생의 책장을 정리하다가 엽기적 제목에 홀려 저도 모르게 읽기 시작한 책이다. 자극적 스토리를 상상했건만 도입부는 기대와 달리 지루했다. '낡였다'며 제자리에 다시 책을 꽂으려다가 어쩐지 미련이 남아 내용을 검색했다.

그런데 뭔가 익숙했다. 「위키백과」에 소개된 줄거리에 승리는 아찔한 기시감을 느꼈다. 시대와 배경은 다른데, 소설 속의 사건들이 승리의 일상과 기막히게 닮았다. 승리는 하던 일을 멈추고 의자에 앉아 본격적으로 책을 읽어 내려가기 시작했다.

"집에 안 가냐? 여기서 아예 살래?"

몇 시간째 책 속에 얼굴을 파묻고 있는 승리를 지켜보다가, 결국 노인이 말을 붙였다. 승리는 깜짝 놀라 창밖을 보았다. 벌써 날이 어둑하다. 승리는 황급히 일어나 책꽂이에 책을 꽂았다.

"마음에 들면 그 책, 너 가져. 어차피 이 많은 책을 내가 다 읽을 수도 없으니까."

승리가 움켜쥔 책을 물끄러미 바라보던 유 선생이 조용히 고개를 끄덕였다.

엄마와 통화를 하고 나면 습관적으로 책을 폈다. 그 책을 읽으면 엄마가 생각났다. 엄마가 보고 싶어서 책을 편 것인지, 책을 보다가 엄마가 보고 싶어 전화를 한 건지는 분명하지 않았다. 종이를 넘기다 보면 흑인 토마스의 얼굴에 태국인 뿐땁의 얼굴이 겹쳤다. 토마스는 범죄자로 누명을 쓰고 결국 죽는다. 무죄라는 증거도 소용없었다. 그가 흑인이기 때문이다.

엄마도 그랬다. 아무리 아니라고 울부짖어도 경찰은 엄마의 말을 귀담아듣지 않았다. 엄마가 불법 체류자인지 아닌지에만 관심이 있었다. 범인을 찾는 것은 그다음 문제였다. 엄마가 일하는 공장에서 값비싼 상황버섯 진액 파우치 상자 수십 개가 사라졌다. 증거도 없고, 증인도 없는데 경찰은 일단 엄마를 용의자로 특정했다. 정 억울하면 무죄를 입증할 증거를 가져오라는 것이 경찰의 주장이었다. 유죄의 증거를 경찰이 가져와야 맞는 게 아니냐는 말을 하고 싶었지만 짧은 한국어로는 무리였다. 동료라고 믿었던 자들도 어쩐지 입을 다물었다.

아빠가 지방에서 급히 올라오고, CCTV에서 결정적 단서가 발견되어 결국 엄마는 풀려났다. 못사는 나라 연놈은 다 도둑놈이라고, 엄마를 가리키며 제일 크게 소리를 질렀던 작업반장이 범인이었다. 끝내 누명을 벗지 못했던 소설 속의 토마스보다야 낫겠지만, 엄마는 그 일로 직장에서 해고되었다. 분란을 일으키고 성격이 드세다는 이유였다. 엄마는 그 후 한동안 일자리를 얻을 수 없었다. 태국인 뽄땝은 혐의 없음으로 풀려났지만, 이 세상에서 여전히 무죄는 아니었다.

구치소에서 나와 집으로 돌아가는 길, 다리에 맥이 풀려 엄마는 도로에 주저앉았다. 무릎이 까져 피가 흘렀다. 승리는 엄마의 상처 난 무릎에 후시딘을 바르고 반창고를 붙였다. 언제라도 다치면 쓸 수 있게 승리가 늘 가방에 가지고 다니는 상비약이다. 승리는 생각했다.

'엄마의 하루도 나와 비슷하구나.'

다리를 절뚝이면서도 엄마는 승리에게 웃었다.

"무릎은 괜찮아. 마음만 다치지 않으면 돼. 아들."

'헛소리. 마음의 영토 좋아하시네. 진짜 정신 승리 쩌는군.'

정신 승리로는 자기도 남부럽지 않다고 자부했는데, 엄마를 보니 마치 거울을 보는 것 같았다. 잊어버렸던 예전 일들이 요즘 자꾸 다시 떠올랐다. 책을 읽으면서 생긴 현상이었다.

"어떤 피부색을 하고 있건 한 인간이 평등하게 대접받을 수 있는 곳이 하나 있다면 그것은 바로 법정이란다. 하지만 사람들은 자신의 원한을 배심원석까지 가지고 가게 마련이지. 나이를 먹으면 먹을수록 일상생활에서 매일 백인들이 흑인들을 속이는 걸 보게 될 거다. 하지만 너에게 말해 주고 싶은 게 있다. 흑인을 속이는 백인은, 그 백인이 누구이건 아무리 돈이 많은 사람이건 아무리 명문 출신이건 쓰레기 같은 인간이야."[6]

'아무리 돈이 많아도, 아무리 명문 출신이어도 쓰레기 같은 인간이야.'

승리는 속으로 주인공의 말을 따라 했다. 변호사 애티커스 핀치가 흑인 토마스가 아니라 태국인 뿐띱을 위해 싸우는 것 같았다. 페이지를 넘길 때마다 승리는 조금씩 감정이 격해졌다.

"아빠는 정말로 깜둥이 애인이 아니지요?"

"누군가가 욕설이라고 생각하는 것으로 불린다고 해서 모욕이 되는 건 절대 아니야. 그 사람이 얼마나 보잘것없는 인간인가를 보여줄 뿐 상대방에게 상처를 주지는 않아."[7]

사람들은 엄마를 아무렇지도 않게 모욕했다. 스카웃의 아빠처럼 말해 주는 사람은 한 명도 없었다. 오히려 반대였다. 사람들은 말이 어눌하면 머리도 조금 모자란 줄 안다. 엄마는 누구보다 현명했지만, 엄마의 한국어는 서툴고 어리숙했다. 이해할 수 없을 것이라 믿으며 어린아이 면전에서 들으면 안 될 말을 서슴없이 내뱉는 어른들처럼, 사람들은 엄마를 바로 앞에 두고 필터를 거치지 않은 말들을 쏟아 냈다. 내 입에서 나간 말이 타인에게 도달하기 전 반드시 통과해야 하는 '예의'라는 이름의 여과지.

"여기까지 와서 얼마 벌까? 한 달에 백만 원 정도 벌면 자기 나라에서는 아마 재벌 소리 들을걸?"

"그래도 더러운 일은 저런 사람들이 좀 해 줘야 해. 이제 한국 사람들은 그런 일 안 하니까."

"더운 나라 사람들은 게으르다는데, 괜히 일은 안 하고 우리가 낸 세금만 축내는 거 아냐?"

대부분 못 들은 척 넘어가지만 가끔은 도저히 참아 주기 힘들 때도 있었다. 시내 레스토랑에 간 날이었다. 승리의 생일이었다. 간만의 외식이어서 들떠 있는 승리의 귀에 시끄러운 목소리가 들렸다. 옆 테이블의 젊은 남녀가 종업원에게 소리를 지르고 있었다.

"자리 바꿔 달라고요. 100일 기념일이라 기분 내려고 왔는데, 이게 뭐예요. 기분 잡치게. 아이씨, 냄새난다고요."

남자는 소리를 지르고, 여자는 눈에 흰자만 보일 정도로 엄마를 째려봤다.

'기분 내려고 온 건 우리도 마찬가지라고. 너희 기분만 기분이야?'

테이블이라도 내리치며 소리 지르고 싶었지만, 역시 말이 목에서 빠져나오지 못했다. 승리의 얼굴이 벌겋게 달아올랐다. 심상치 않게 숨을 몰아쉬는 아들을 보며, 엄마는 자리에서 일어났다. 승리는 화가 나 견딜 수 없었다. 더 좋은 곳에 가자는 엄마를 뿌리치고 승리는 혼자 집으로 돌아갔다.

'도대체 뭘 잘못했다고 피하냐고.'

"앵무새들은 인간을 위해 노래를 불러 줄 뿐이지. 사람들의 채소밭에서 무엇을 따 먹지도 않고, 옥수수 창고에 둥지를 틀지도 않고, 우리를 위해 마음을 열어 놓고 노래를 부르는 것 말고는 아무것도 하는 게 없지. 그래서 앵무새를 죽이는 건 죄가 되는 거야."[8]

이상했다. 그때는 아무렇지도 않았는데, 요즘은 책만 펴면 기분

6, 7, 8 하퍼 리, 《앵무새 죽이기》, 김욱동 옮김, 열린책들, 2015

이 가라앉았다. 이런 승리를 본다면 엄마는 또 등을 두드리며 미소를 지을 것이다. 마음만 괜찮으면 다 괜찮은 거라며.

"마음의 영토는 무슨! 들이받지 못하면 어금니를 꽉 물고, 저주라도 퍼부을 것이지! 작업반장 같은 놈은 최소 열 페이지 정도는 저주를 처먹어야 마땅하다고."

노트를 꺼내려 가방을 뒤적거리던 승리는 멈칫했다.

'젠장, 저주를 내리고 싶어도 작업반장 새끼의 이름을 모른다.'

세상에 쉬운 일은 없다.

"책을 읽으면 생각이 많아져서 괴로워요."

찢어진 책을 투명 테이프로 붙이며, 승리가 유 선생에게 말했다.

"생각이라고는 하지 않는 줄 알았는데? 무슨 생각이 그렇게 많은데?"

"자꾸 화가 나요. 원래는 안 그랬거든요. 어쩔 수 없다, 상관없다, 오히려 좋다, 이런 식으로 잽싸게 입장 정리를 하는 편이었는데, 요즘은 그게 잘 안 돼요. 책을 읽다 보면 돌아 버릴 것 같아요. 어떤 장면은 머릿속에 쏙 들어와서 종일 떠나지 않고요. 이러다 진짜 미치면 어떡해요?"

"생각이 많아지는 게 싫은 거냐, 그런 게 다 쓸데없는 생각이라서 싫은 거냐?"

"둘 다요. 좀비처럼 살면 편해요. 누가 때리면 맞고, 욕하면 딴생각하고, 괴롭히면 괴로워하면서……."

"그럼 그게 사람이냐? 좀비지."

"생각하고 화를 낸다고 뭐가 달라지는데요?"

"화를 내서 마땅한 일에는 화를 내고, 생각이 필요한 일은 생각을 해서 답을 찾아야지."

"답이 어딨어요? 이렇게 태어난 게 잘못인데. 방법은 다시 태어나는 것밖에 없어요. 대가리를 굴린다고 다른 인생을 살 수 있는 것도 아니잖아요."

"다시 태어날 방법을 알면 나도 좀 알려줘. 하지만 그런 건 없다."

"그러니까 책 같은 건 읽지 않는 게 낫겠어요. 괜히 기분만 상하니까."

"책이 다시 태어나는 방법을 알려 주지는 않지만, 그 속에 다른 것은 있을지도 모르지. 가령 이 거지 같은 인생을 헤쳐 나갈 꿀팁 같은 것?"

"진짜 읽는 게 도움이 돼요? 가끔은 다 지긋지긋해요."

"읽는 게 지겨우면 쓰는 건 어떠냐? 쓰다 보면 또 다른 세상이 열리기도 하는데."

"나 같은 고삐리가 도대체 뭘 써요? 집, 학교, 집, 학교, 집…….
그리고 여기."

"누구나 마음속에 꽝꽝 못 박힌 결정적 장면들이 있지. 그런 걸
적어 보면 어때? 엄마 이야기도 괜찮고. 아빠에 대해서도 할 말이
좀 있을 것 같은데? 맞다, 주인공을 잊을 뻔했네. 개새라고 했던
가? 그놈이 한 짓거리만 적어도 책 몇 권은 되겠구먼. 문학 선생도
있고. 이야~ 많네."

"하지만 어떻게 써요? 써 본 거라고는 재수떼기들 이름이 전부
예요."

"생각나는 대로, 끄적이고 싶은 대로, 마음이 움직이는 대로 일
단 아무렇게나 써 봐. 시작이 어렵지 쓰다 보면 조금씩 익숙해질
거야. 이름 세 글자만 적어도 기분이 풀리는데 구구절절 다 털어
놓으면 얼마나 시원하겠냐. 할 말을 못 하면 마음속에 병이 생긴
다잖아. 오죽하면 대나무숲에다 소리를 지르겠어. 임금님 귀가 당
나귀 귀라고. 근데 너는 아무리 열 받아도 대나무숲에 소리 지르
기가 좀 그렇지 않니? 버벅대니까. 큭큭. 속이 시원해지기는커녕
더 답답해지는 거 아냐?"

'돌려 까기인가?'

화를 내야 할지, 말아야 할지 결정하지 못해 승리는 입을 다물었다. 하지만 잊히지 않는 에피소드를 글로 적어 보라는 말에는 은근히 호기심이 생겼다.

"내가 아끼는 노트 한 권 줄게. 프랑크푸르트 도서전에서 사 온 몰스킨 노트야. 빨간 볼펜으로 이름이나 끄적이던 것보다는 그래도 좋은 걸 써야지."

'나의 이야기를 적어 보라니…….'

살면서 일기 따위를 쓴 적은 없었다.

'오늘도 참 재미있었다. 오늘도 즐거웠다.'

세상의 어린이들은 어떻게 그렇게 매일 행복한지, 친구들의 일기는 언제나 그렇게 마무리되었다. 그 행복한 고백에 담임은 동그란 '참 잘했어요'로 화답했다. 승리는 한 번도 일기장을 제출하지 않았다.

'오늘도 슬펐다. 오늘도 열 받았다. 오늘도 거지 같았다. 오늘도 참 씨발스러웠다.'

그렇게 적을 수도 없지 않은가.

그런데 유 선생은 지금 다른 걸 적어 보라고 했다. 재미있지 않고, 즐겁지 않고, 화나고, 슬프고, 분하고, 외롭고, 아팠던 일들. 그런 거라면 누구보다 할 얘기가 많을 것 같았다.

초등학교 때 한동안 만화방에 빠진 적 있었다. 수업이 끝나자마자 시장통으로 달려갔다. 만홧가게는 쌀집 뒤편 허름한 건물 지하에 있었다. 먹고 싶은 거 있으면 기죽지 말고 사 먹으라고 엄마는 아침마다 조금씩 용돈을 주었다. 문방구 한쪽에서는 컵 치킨이나 핫도그처럼 치명적인 냄새를 풍기는 간식을 팔았다. 수업이 끝날 즈음이면 교문 앞에는 기름 냄새가 진동했다. 승리는 혀끝에 고인 침을 꿀꺽 삼키고는 매번 만화방으로 내달렸다.

만화방에는 면도하지 않은 아저씨 몇 명만 시큰둥한 표정으로 종이를 넘길 뿐, 승리에게 눈길을 주는 사람은 아무도 없었다. 말 거는 사람이 없는 이곳이 승리는 몹시 마음에 들었다. 더듬이다, 똥양궁이다 종일 귀 따갑게 놀림을 받다가 무관심 소파에 엉덩이를 내려놓으면 고요한 안도감이 승리를 행복하게 했다.

승리가 좋아하는 것은 학원물. 디테일은 조금 다르지만 큰 줄기는 대체로 비슷했다. 못돼 처먹은 나쁜 놈이 불쌍하고 사연 많은 친구들을 괴롭히다가, 마침내 주인공에게 개박살 나는 것. 〈범죄도시〉의 학교 버전이랄까.

가난하고 힘없는 아싸들이 아무 이유도 없이 얻어터진다는 점은 현실을 충실하게 반영하는 설정이었지만 결말은 달랐다. 만화 속 세상을 지배하는 최고의 진리는 권선징악. 비열한 놈들은 반드시 멸망했다. 주인공은 1 대 17로 싸워도 앞머리조차 흐트러짐이 없었고, 두더지 게임처럼 쉴 새 없이 들이대는 적의 공격에도 전광석화의 몸놀림으로 정의의 뽕망치를 휘둘렀다. 주인공의 무쇠 주먹에 일진 패거리들의 옥수수가 우수수 털리는 장면은 어찌나 시원한지, 앞으로 돌아가 몇 번이고 다시 보기를 반복했다.

중학교에 올라가 웹툰으로 갈아타면서 자연스럽게 만화방 출입은 끊어졌지만, 아직도 시장 어귀를 지나칠 때면 그때의 통쾌함이 생각난다. 이야기에는 힘이 있다는 노인의 말을 들었을 때, 승리는 제일 먼저 만화방의 매캐한 곰팡냄새를 떠올렸다. 동네 아싸들이 저마다 꿉꿉한 소파 한 자리씩을 차지하고 앉아 조용히 키득거리던 그곳.

겉에서 보면 궁색하고 구질구질했지만, 그 순간 그들의 영혼은 정의가 구현되고 빌런들이 필멸하는 웅장한 판타지 월드 속을 활보하고 있었다. 무례하고 무뢰한 놈들에겐 무관용, 무자비의 원칙으로 응수하는 히어로에게 자아를 빙의한 채 몇 시간을 보내고 나면, 온종일 가슴을 누르던 돌덩이 같은 것들이 가루가루 부서져 날아가 버렸다. 유 선생이 말하는 이야기의 힘이란 이런 것일까.

집에 돌아온 승리는 책상에 앉아 선생이 준 노트를 꺼냈다. 비싼 거라더니, 한눈에 보아도 고급스러웠다. 승리는 생각에 잠겼다.

'누구부터 모셔 줄까? 역시 빨간 펜으로 이름이나 끄적이는 유치한 수법은 뭔가 부족했어.'

서글픈 기억들이 서로 자기가 먼저라고 아우성을 쳤다. 만화방에서 느꼈던 통쾌함을 떠올리니 생각만 해도 신이 났다. 하지만 금세 현타가 왔다. 리얼한 세상에 그런 히어로 따위는 없다. 칭기즈 칸의 기병대처럼 슬픔이 말발굽 소리를 울리며 정신의 영토를 향해 밀려왔다. 승리는 마음을 다잡듯 고개를 저었다. 기형도라는 시인은 '질투는 나의 힘'이라고 썼다. 승리는 '저주는 나의 힘'이라고 바꿔 본다.

'새침하게 고작 질투가 뭐야. 그보다는 저주가 훨씬 파이팅 넘치지.'

승리는 새하얀 노트의 첫 페이지를 손바닥으로 꾹꾹 문질렀다.

눈물

형사가 또 찾아왔다. 이번에는 하마 때문이었다. 노인이 실종되는 바람에 자연스럽게 동아리는 해체되었다. 새로운 단서는 없고, 해결의 실마리도 찾을 수 없어서 형사는 자기가 유일하게 잘하는 탐문 수사만 반복하는 중이었다.

　"신규철이랑 노인의 집에 봉사 활동 같이 다녔지?"

　'유 선생이 아니라 하마를 묻는 이유가 뭘까?'

　승리는 어리둥절한 표정으로 고개를 끄덕였다.

　"신규철이 사라졌다. 뭔가 켱기는 게 있으니 잠적했겠지. 혹시 갈 만한 곳 모르나?"

　하마가 사라졌다니!

저 형사는 걸핏하면 다 사라졌다고 그런다. 하마가 갈 만한 곳은 뻔하다. 강. 강변. 강 속.

"제보자에 따르면 노인이 하마한테 욕을 많이 했다던데? 혹시 물리적 가혹 행위도 있었나?"

어깨 위에 올라앉은 저 동그란 것이 돌덩이가 아니라면 이런 바보 같은 질문은 하지 않을 것이다. 나이 많은 여자가 자기보다 덩치가 두 배는 더 큰 남자 고등학생에게 무슨 수로 물리적 가혹 행위를? 승리는 한숨을 쉬며 고개를 저었다.

"위증은 중범죄야. 알고 있지? 노인이 너한테는 편한 일을 시키고, 신규철에게는 힘든 일을 강요했다면서? 집 안에서 일하는 너한테는 모과차 같은 것도 대접하면서, 더러운 강에서 쓰레기만 줍고 다니는 신규철에게는 국물도 없었다고 하던데. 평소에 신규철이 이 문제에 대해서 화를 내거나, 불만을 터뜨린 적은 없었나? 차별 대우만큼 사람을 열받게 만드는 것이 없을 텐데 말이지. 커다란 놈이 난폭하게 변하면 무섭기도 했겠어. 그치?"

형사는 이번엔 하마를 용의자로 점찍은 모양이었다. 덕분에 승리한테는 의심의 눈초리를 거둔 것 같았지만, 역시나 헛다리였다. 난폭이라니. 그건 하마와 가장 어울리지 않는 말이었다.

언젠가 일이 일찍 끝나, 강변으로 하마를 찾아간 적이 있었다. 하마는 강둑에 앉아 허공을 바라보는 중이었다. 발소리를 죽이고 살금살금 다가갔는데, 어이없게도 하마가 울고 있는 게 아닌가. 남자 새끼가 우는 것은 초등학교 때 이후로 본 적이 없었다. 뭔가 심상치 않은 일이 벌어진 것이 분명했다. 놀란 승리가 황급히 물었다.

"무, 무우슨 일이야?"

갑자기 뒤에서 나타난 승리를 보고 하마는 깜짝 놀라 눈물을 닦았다.

"시, 시, 심각한 일이야?"

한참을 머뭇거리던 하마가 마지못해 말했다.

"노을이…… 너무 예뻐서."

"뭐, 뭐라고? 장난하냐? 씨, 씨발 놈아?"

"저녁 하늘에 노을이 지면 너무 예뻐서 계속 바라보게 돼. 근데 한참 보고 있으면 조금씩 슬퍼져. 그러면 자동으로 눈물이 나. 참으려고 해도, 잘 안 돼. 이건 비밀인데…… 나는 원래 그래. 아무 때나 그냥 막 눈물이 나. 어쩔 수가 없어. …… 근데 아무한테도 말 안 할 거지?"

하마는 그런 자였다.

초등학교에 입학한 이후, 하마는 단 한 번도 왕따가 아닌 적이 없었다. 모두 눈물 때문이었다.

"설마, 지금 우냐?"

"남자 새끼가! 이거 실화야?"

툭하면 눈물이 고이는 하마는 아이들에게 재미있는 장난감이었다. 놀려도 울었고, 놀리지 않아도 울었다. 때리면야 당근 울고, 때리는 시늉조차 하지 않아도 하마는 종종 울었다. 놀리거나 때리지 않았는데 왜 우는지 아이들은 도저히 이해할 수 없었다. 이해할 수 없으니 더 놀렸다. 하마가 울기 시작하면, 신이 난 아이들의 목소리로 조용했던 교실이 시장 바닥처럼 변했다. 떠든 사람은 하마가 아니었지만, 선생들은 진저리가 난다는 표정으로 하마를 혼냈다.

'울고 싶어서 우는 게 아니라고!'

하마는 속으로 소리를 질렀다. 몸속 회로가 망가진 것이 분명하다. 정상인의 몸이 빨간 버튼을 눌러야 눈물이 나도록 설계되어 있다면 하마의 몸은 파란 버튼을 눌러도, 노란 버튼을 눌러도 눈물이 솟았다. 이 세상 모든 불쌍한 것들이 하마의 눈물 버튼을 누르는 손가락이었다. 동물과 식물, 심지어 무생물에게조차 어떤 존재든 가엾고 측은한 기운이 느껴지기만 하면 금세 눈시울이 뜨거워졌다.

하마는 말에도 민감했다. 아무 이유 없이 빈정거리는 사람들이 하마의 주변에는 많았다. 처음부터 대놓고 시비 터는 놈들도 물론 있지만, 그럴 생각이 없었던 아이들도 하마만 보면 괜히 이죽거리고, 깐죽이고, 비아냥거렸다. 만만해 보이는 하마의 인상이 사람들의 갈굼 본능을 자극하는 모양이었다. 비대한 몸, 공격성이라고는 찾아볼 수 없는 눈망울, 수시로 떨구는 눈물방울들.

사람들은 하마의 몸집을 보면서 보나 마나 성격도 무딜 것이라 착각했다. 자기가 먼저 건드려 놓고는 하마의 반응에 도리어 화를 냈다. 생긴 거랑 다르게 예민하다면서.

가시 박힌 말을 들으면 하마는 진짜 가시에 찔린 것 같은 통증을 느꼈다. 한참 눈물을 쏟고 나면, 가시가 눈물을 따라 몸 밖으로 빠져나간 듯 저절로 통증도 사라졌다.

오래 어울렸지만 한 번도 가시로 찌르지 않은 사람은 승리가 처음이었다.

"귀신은 뭐 하나, 저거 안 잡아가고!"

하마의 눈물에 제일 격하게 거부 반응을 보이는 사람은 엄마였다. 아들 눈에 눈물이 고이면 엄마는 앙칼진 소리와 함께 등짝에

스매싱을 날렸다. 꼬맹이 시절의 어렴풋한 기억에도 잔등을 후려치던 엄마의 매운 손맛은 선명하게 남아 있다.

어린 하마는 집에서 노는 것을 좋아했다. 장난감과 대화를 하거나, 스케치북에 그림을 그렸다. 아들이 책상 밑이나 장롱 속에서 중얼거리는 것을 보면, 엄마는 주변에서 가장 먼저 손에 잡히는 것을 휘둘러 하마를 내쫓았다. 빗자루, 등 긁개, 옷걸이, 구둣주걱 같은 것으로 엄마가 방바닥을 땅땅 내리치면, 겁에 질린 하마는 어쩔 수 없이 밖으로 도망쳤다.

아주 잠깐이지만 주일학교를 다닌 적도 있었다. 엄마는 일요일마다 교회 앞까지 하마를 끌고 가서는 친구도 사귀고 교회에서 주는 선물도 잘 챙겨 오라고 신신당부했다. 중간에 멋대로 집에 오면 하나님이 불벼락을 내린다고 겁도 주었다. 하마는 토요일 저녁부터 울면서 구토를 했다. 엄마의 뚜껑이 우주까지 활짝 열렸다. 사내 녀석이 매일 찔찔 짠다고, 자신이 박복한 이유가 이 염병할 눈물 때문이라며, 엄마는 가슴을 치며 또 욕을 했다. 욕을 먹으면 눈물이 나고, 눈물이 나면 더 욕을 먹고, 악순환의 눈물 열차가 토요일 밤마다 무한궤도를 뱅뱅 돌았다.

엄마는 공단 근처에서 치킨과 맥주를 팔았다. 언제나 밤늦게 돌아와 좁은 방에 기름 냄새와 술 냄새가 뒤섞인 한숨을 한 톤은 쏟아 내고야 잠이 들었다. 유달리 기분이 좋은 날도 있었다. 닭 네 마리를 튀겨 다섯 마리로 무사히 팔아넘기는 데 성공한 날이었다. 가끔은 세 마리로 다섯 마리를 만들어, 무에서 유를 창출하는 신통력을 발휘하기도 했다. 만취한 손님이 주문한 치킨에서 날개나 다리 등을 빼돌렸다가, 손님이 남긴 접시에서 하나씩 모아 둔 다른 부위에 섞으면 레고 블록처럼 새롭게 닭 한 마리를 조립할 수 있었다.

장사에 필요한 채소는 노점상 할머니들에게서 샀다. 시장 구석에 작은 보자기를 펴 놓고 종일 채소를 다듬어 파는 할머니들. 엄마가 거기에서 물건을 사는 이유는 할머니들이 안쓰러워서 팔아주려는 마음 때문이 아니었다. 늙은 할머니들에게서는 터무니없이 싼값에 물건을 뺏어 오는 것이 쉬워서였다.

초등학생 때였나? 집에 돌아오는 길, 엄마가 시장 골목에서 상추와 쪽파를 흥정하는 모습을 보고 하마는 큰 충격을 받았다. 젓가락처럼 마르고, 몇 가닥 남지 않은 머리를 뒤로 쪽진 할머니와 엄마는 몇 분째 실랑이 중이었다. 깎아 달라고 생떼를 쓰던 엄마는 아무래도 안 될 것 같았는지, 안 산다고 돌아서는 척하면서 플라스틱 쓰레빠로 바닥의 채소를 짓밟아 버렸다. 둘 다 언성이 높아졌지만, 엄마의 목소리가 훨씬 컸다. 결국 할머니는 누구에게도 팔 수 없게 되어 버린 물건을 엄마에게 헐값에 넘겼다.

봉지에 채소를 담으며 할머니는 끝내 쿨쩍쿨쩍 눈물을 쏟았다. 곁에서 이 모든 광경을 바라본 하마도 덩달아 울음이 터졌다. 하마는 엄마에게 한쪽 팔을 잡힌 채 가게로 질질 끌려왔다. 가게 문을 걸어 닫고 엄마는 매섭게 다그쳤다.

"왜 울어? 저 할머니가 불쌍해? 니 에미는 안 불쌍하고? 세상에서 제일 가난한 사람이 나야. 제일 불쌍한 년이 니 에미라고. 우리처럼 돈도 없고 빽도 없는 사람들은 이래도 돼. 동정심 이런 거는 있는 놈들이나 부리는 사치야. 내가 남편도 있고, 돈도 많아 봐라. 뭐 하러 힘들게 이 지랄을 하나."

하마는 저녁마다 밥 대신 가게에서 팔다 남은 치킨을 먹었다. 어렸을 때는 꼬챙이처럼 말랐었다는데, 엄마가 장사를 시작한 이후 몇 년 사이에 고도비만이 되었다. 아이들이 놀려 대기 시작한 것도 그 무렵이었다. 하마는 놀리는 아이들보다 다정한 동물들이 더 좋았다. 친구를 사귄 줄 알았는데, 갑자기 돌변해서 따가운 말을 던지는 아이들이 개나 고양이보다 훨씬 더 무서웠다.

한번은 새끼 고양이를 집으로 데려온 적이 있었다. 산책하던 진돗개한테 어미 고양이가 물려 죽고 공터 구석에서 꼬물대던 것이었다. 스티로폼 상자를 주워서 집도 만들고 바닥에 낡은 수건도

깔아 주었다. 동물병원에서 새끼 고양이용 분유를 사서 우유병을 물렸더니, "야옹야옹" 가느다란 소리를 내며 하마의 손에 얼굴을 문질렀다. 너무 귀여워서 종일 들여다보아도 싫증이 나지 않았다.

하지만 인연은 오래 가지 못했다. 학교에서 돌아오니 고양이는 사라지고 없었다. 사색이 되어 온 동네를 뛰어다니는 하마를 보다 못해 엄마가 대수롭지 않은 목소리로 말했다.

"쓰레기봉투에 넣어 버렸어."

기막힌 소리에 충격을 먹은 하마에게 엄마는 도리어 화를 냈다. 재수 없게 왜 고양이 같은 걸 데려왔냐고. 울며불며 대문 밖을 헤맸지만, 쓰레기차는 이미 한참 전에 지나간 후였다. 하마는 며칠 동안 밥도 먹지 않고 내내 울었다. 학교에도 가지 않았다. 엄마가 구둣주걱을 휘두르며 소리를 질러도 소용없었다. 이불을 뒤집어 쓰고 책상 아래에 처박힌 아들에게 엄마는 또 말했다.

"귀신은 뭐 하나. 저거 안 데려가고."

며칠 뒤, 귀신 대신 구급차가 하마를 데려갔다. 엄마가 조금만 늦게 집에 왔으면 위험할 뻔했다. 숨을 제대로 쉬지 못해 정신을 잃은 것이다. 검사 결과지를 보며 의사는 심각한 목소리로 이야기했다. 고양이 알레르기가 극단적으로 심해서 천식이 악화되었다는 것.

"그것 봐라. 내 뭐라던."

축 늘어진 하마의 머리통을 엄마가 의기양양하게 쥐어박았다.

그날 이후 하마는 항상 주머니에 네블라이저를 가지고 다녔다. 그날의 기억이 트라우마를 남겼다. 숨이 가빠지면 자동으로 공포가 엄습했다. '남편 복 없는 년이 자식 복도 없다'면서 만취한 엄마가 사나운 표정으로 몰아붙이는 밤이면 누가 허파를 꽉 움켜쥐는 것 같은 통증을 느꼈다. 고양이 알레르기보다 엄마 알레르기가 더 심한 게 분명하다고 하마는 확신했다.

학년이 올라가면서 하마는 잘 우는 놈으로 명성을 날렸다. 울면 코가 막혀 숨쉬기 더 힘들어야 정상인데, 어쩐지 반대였다. 한참 울고 나면 속이 후련해지면서 천식도 가라앉았다. 몸에 물이 많아 넘치는 거냐며, 아이들은 빨래를 짜듯 멋대로 하마의 팔뚝을 비틀기도 했다. 참으려 해도 쉽지 않았다. 코끝이 시큰해지고, 눈가의 신경이 팽팽하게 당겨지면 그다음은 여지없었다.

"근데 신규철 아니, 너희들은 하마라고 부른다지? 마지막으로 하마를 본 게 언제지?"

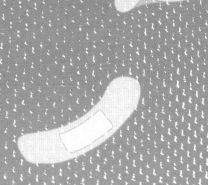

책 줍는 여인

"근데 이 책들은 다 누구 거예요?"

하늘색 작은 시집을 흔들며 승리가 노인에게 물었다. '황금빛 모서리' 책장을 정리할 때마다 궁금했다. 모르는 이름이 적힌 책도 제법 많았기 때문이다. 그녀는 흘끗 쳐다보고는 대꾸했다.

"지금은 내 거지. 내가 너한테 주면 그때는 네 거고."

'쳇, 뻔한 소리. 대답하기 싫은 모양이군.'

승리는 더 묻지 않았다.

승리에게 아무렇게나 둘러대고 나서 은영은 기억을 더듬었다. 그것은 아마 재작년에 이사 간 옆 동네 청년의 책일 것이다. 가물가물해서 정확하지는 않다.

은영이 동네를 돌아다니며 책을 줍기 시작한 것은 5년 전이다. 그날은 두 달 동안 쓴 소설을 마당 양철통에서 태워 버린 날이었다. 쓰는 동안은 뭐에 홀린 것처럼 소설 속 세상에 빠져 지냈는데, 마지막 문장의 마침표를 찍고 나니 역시나 견딜 수 없는 절망감에 휩싸였다. 벌써 몇 번째인지 몰랐다.

은영은 화형식을 거행했다. 텍스트 파일을 굳이 한 장 한 장 종이에 프린트까지 해서는 그대로 통에 넣고 불을 붙였다. 커피를 물 대신 마시며 오랜 시간 눌러 적은 글이다. 열 번도 넘게 지우고, 고치기를 반복했던 문장들이 눈앞에서 하얗게 재로 변했다. 지켜보는 은영의 마음도 새카맣게 타들어 갔다. 은영은 마음속 뜨거운 열기가 잦아들 때까지 밤늦도록 동네 여기저기를 돌아다녔다.

호젓한 골목길을 지나던 은영은 돌연 걸음을 멈췄다. 어느 집 쓰레기봉투 옆, 차곡차곡 겹쳐서 노끈으로 묶인 책 한 무더기가 눈길을 끌었다.

《우리 시대, 젊은 작가》20권.

낯익은 물건이다. 치기 어린 국문학도였던 그때, 은영은 바로 저 책을 갖고 싶어 몸살을 앓았었다. 신생 출판사에서 젊고 유망한 소설가들의 작품을 묶어 출간한 전집이었다. 염상섭, 채만식, 김동리, 황순원 등 문학사의 한 챕터를 차지하는, 이제는 대부분

고인이 된 거장들의 작품이 아니라 등단한 지 얼마 되지 않은 젊은 작가들의 소설을 이렇게 야심차게 엮어 낸 것은 드문 일이었다. 뒤표지에 커다랗게 작가의 얼굴 사진을 담은 것도 신선했다. 서점에 들를 때마다 은영은 그 책들을 한 권씩 꺼내어, 작가의 얼굴을 물끄러미 들여다보곤 했다. 자신과 별로 다를 바 없어 보이는 평범한 젊은이들이 은영을 향해 웃고 있었다. 은영은 어쩐지 가슴이 두근거렸다.

우중충한 문고판 소설 곁에서 알록달록 화사한 그 책들은 단연 아름다웠다. 책꽂이에 가지런히 꽂아 두고 하나씩 아껴가며 읽고 싶었다. 하지만 한 번에 지르기에는 책값이 너무 비쌌다. 아르바이트 월급이 들어올 때마다 몇 달에 걸쳐 한 권씩 야금야금 사 모으다가 결국은 흐지부지되었지만, 한동안 은영을 설레게 했던 그때의 욕망은 아직도 기억에 선명했다.

가난한 문과생에게 책은 결코 값싼 아이템이 아니다. 도서관에서 빌리면 되지 않느냐고 말하는 사람도 있지만, 결코 그럴 수 없는 책도 있다. 빌린 책의 숙명은 반납인데, 읽는 동안 이미 헤어질 수 없이 각별한 사이가 되어 버린 책도 많기 때문이다. 무엇보다 빌린 책에는 흔적을 남길 수 없다.

문장은 살아 있다. 읽어 내려가던 단락 어디에서 '인생의 문장'

과 운명적으로 마주치면, 막다른 골목에서 흠모하던 스타와 맞닥
뜨린 것처럼 온몸이 전율에 휩싸였다. 눈동자가 글자를 따라가는
동안, 손가락은 잊지 않게 방금 만난 문장 아래 밑줄을 긋는다. 책
을 덮은 후에도 언제든 그 떨림을 되찾을 수 있도록, 종이 옆에 인
덱스 탭을 붙여 두는 것도 잊지 않는다. 사정이 이러니 '내돈내산'
은 필수다. 어떤 이는 음반을 모으고, 누군가는 피규어를 수집하
듯 은영은 책에 집착했다. 문제는 갖고 싶은 책이 너무 많다는 점
이었다. 한 끼 밥값보다도 비싼 책들이 자취방에 쌓여 가는 동안,
은영이 곪는 날도 늘어 갔다.

　허기를 이길 만큼 격하게 갈망했던 그것이 지금 어느 집 담벼락
밑에 종량제 쓰레기봉투와 함께 버려져 있다. 세월의 풍파를 겪은
듯 어느새 종이는 누렇게 색이 바랬다.
　'어떻게 이걸 버렸을까……. 대청소라도 하나? 아니면 이사를
가려나?'
　은영은 슬쩍 대문 안쪽을 살폈다.
　'자식들이 부모의 묵은 짐을 정리하는 건가?'
　어두운 골목에서 상상의 날개를 펴던 은영은 퍼뜩 정신을 차
렸다.

'어쨌거나 버린 건 확실한 거지?'

그녀는 집에서 여행용 캐리어를 가져왔다. 버려진 책을 캐리어에 담으며 은영은 횡재한 듯 마음이 들떴다. 손놀림이 바빠지고 콧노래까지 흥얼거리다가…… 갑자기 가슴이 먹먹해졌다. 보물을 찾듯 좋은 책을 수집하던 젊은 날의 자신이 생각났기 때문이다. 쓰레기통 옆에 뒹구는 책들을 보니 누군가의 인생이 버려진 듯 가슴이 쓰라렸다.

얼마 뒤, 은영은 책 주인이 누구인지 알게 되었다. 말 많은 선자씨가 동네방네 떠들고 다닌 탓이었다. 주인공은 가끔 시장에서 마주친 적도 있는 중년의 여인이었다. 그녀는 이제 세상에 없었다.

"학창 시절에 문학소녀였다고 하더라고요. 자식 둘 다 대학 보내고, 그때부터 문화센터 글쓰기 교실 같은 것도 열심히 따라다니는 것 같았는데…… 암이었대요. 둘째 대학 붙은 날, 이제 해방이라고 좋아하더니, 아예 인생에서 해방되셨네. 호호."

자기가 한 말에 혼자 깔깔거리던 그녀가 사람들의 뜨악한 표정에 깜짝 놀라 입을 다물었다.

그날 이후 은영은 그 집 주변을 서성거렸다. 자꾸 마음이 쓰였다. 한 사람의 오래된 열망이 덧없이 사위어간 것을 생각하니 마음이 서글펐다. 며칠에 걸쳐 망자의 것으로 보이는 짐들이 대문 밖 담벼락 밑에 쌓였다. 책을 좋아하던 사람이라더니, 버려진 것 중에 책도 많았다. 행인이 그 위에 담배꽁초라도 던질까 봐 은영은 수시로 그 집 앞을 어슬렁거리다가, 책이 보이면 얼른 캐리어에 담아 집으로 가져왔다.

그 일이 있고 난 뒤, 은영은 산책할 때마다 습관적으로 작은 캐리어를 챙겼다. 사람들은 생각보다 책을 많이 버렸다. 어두운 골목을 걷다 보면 어떤 목소리가 은영을 불렀다. 소리를 따라가면 거기에 가느다란 숨결로 자신을 부르는 무엇이 있었다.

폐지 묶음이나 스티로폼 더미 옆에 시무룩하게 웅크린 책들.

한때는 세상에 한 목소리를 보태고 싶어 야심차게 등장했으나, 이제 곧 고물상에서 종이 무게로 값이 매겨질 서글픈 존재. 은영은 캐리어를 열고, 자신을 호출한 그것들을 집으로 데려왔다.

오밤중에 캐리어를 끌고 돌아다니는 은영을 보고, 사람들은 해외여행을 가고 싶어서 미친 모양이라며 수군거렸다. 몇 년 전 터미널에서 노숙하던 여자도 노상 아기 보퉁이를 끌어안고 있었는데, 알고 보니 병으로 아기를 잃고 정신줄을 놓은 것이었다면서. 하지만 골목길에서 버려진 책을 줍는 은영을 목격한 이웃들이 늘면서, 이제 사람들은 어디서 캐리어 바퀴 구르는 소리만 들려도 은영이 책을 찾아 밤마실을 나왔다는 것을 짐작했다.

어떤 이들은 은영이 지나가기를 기다렸다가 버리려던 책을 내어 주기도 했다. 원재료는 똑같이 종이지만, 책은 파지나 폐박스처럼 함부로 내버리기 찜찜했던 모양이었다. 은영은 자신에게 말을 거는 책만 데려오는 편이었지만, 굳이 은영을 불러 깨끗하게 정돈된 책을 건네는 사람이 있으면 고맙다는 인사와 함께 파양된 모든 책을 캐리어에 담았다.

한 해에도 수없이 많은 신간이 서점에 등장하고, 그만큼 많은 책이 쓸모를 잃고 사라진다. 책에도 수명이 있다. 대다수 책은 하루살이처럼 짤막한 생을 마치고 요절한다. 시간의 풍화 작용에도 불멸하는 것들은 한 줌의 명작들뿐이다. 활자를 찍어 낸 종이 뭉치에 불과하지만, 누군가는 자신의 영혼을 담은 그 책 한 권을 창작하고 싶어 평생 가슴에 한을 품고 살아가기도 한다. 은영이 그러했다.

반짝이는 것

"근데 신규철 아니, 너희들은 하마라고 부른다지? 마지막으로 하마를 본 게 언제지? 너, 내 말 듣고 있어?"

형사의 다그침에 승리가 정신을 차렸다. 여간해서는 대꾸하지 않는 승리 때문에 형사의 얼굴에는 짜증이 덕지덕지 붙었다.

"마, 마지막으로 본 건, 마, 마지막 날이었어요."

"너 무슨 래퍼라도 되냐? 라임 맞추는 거야? 무슨 마지막 날?"

"1학기 마지막 수요일. 봉사 활동 끄⋯⋯을나는 날."

여름 방학 직전 마지막 수요일은 공식적으로 동아리 활동이 끝나는 날이다. 하지만 아직 일이 남았다. 지난달 노인이 코로나에 걸리는 바람에 몇 주를 쉬었기 때문이다. 어떻게든 임무를 끝내고 싶어서 승리는 시간이 날 때마다 노인의 집을 찾았다. 이제는 선생에게 묻지 않아도 웬만한 일은 혼자서 척척 해낼 수 있었다.

황량했던 방이 제법 도서관 분위기마저 풍겼다. 문을 열면 고요한 공기 속에 오래된 책 냄새가 떠돌았다. 손으로 일일이 먼지를 닦고, 놓일 자리를 찾아 준 책들을 바라보고 있으면 한 번도 겪어 본 적 없는 충만함이 밀려왔다. 얼마 후면 이 책들과도 이별이라고 생각하니 승리는 못내 아쉬웠다.

하마는 아직이다. 방학 직전까지도 반짝이는 것을 찾지 못했다. 찾지 못한 것인지, 찾을 생각이 없는 건지 요즘도 하마의 관심사는 오로지 쓰레기뿐이었다. 처음에는 한 자루였던 것이, 시간이 지나자 하루에 두세 자루는 너끈히 건져 올린다. 승리가 집에 가려고 방에서 나오면, 하마는 마당에서 열심히 쓰레기 분리 작업을 하고 있었다. 간간이 유 선생에게 묻기도 했다.

"찾는 게 혹시 이거예요?"

혹시나 해서 가보면 역시나였다. 그날 집어 온 것 중에서 가장 반짝이는 것. 선생도 체념한 듯 대꾸조차 하지 않았다. 이제는 하마가 나타나면 자동으로 셋이 들러붙어 하마의 전리품을 분리수거함에 나누어 담았다. 셋 다 말이 없는 편이었다. 햇살 바스락거리는 소리마저 들릴 것처럼 고요했던 그 시간이 승리는 참 좋았다.

그런데 봉사 활동이 끝나는 그날. 흥분한 하마가 마당으로 뛰어들어왔다.

"찾았어요. 반짝이는 거!"

하마가 뛰는 것은 처음 보았다. 쓰레기 자루도 없이 맨몸이었다. 마무리 청소를 하던 승리가 대걸레를 들고 밖으로 나왔다. 하마는 손에 쥔 것을 유 선생에게 내밀었다. 군데군데 물이끼가 꼈지만, 그것은 여름 햇살이 반사되어 과연 반짝반짝 빛이 났다.

노인은 천천히 다가왔다. 오래된 크리스털 상패. 내미는 그녀의 손이 조금 떨렸다.

'그러니까 진짜 그런 게 있기는 있었다는 거지?'

믿기지 않는 상황에 승리도 어리둥절했다.

'태원문학상. 소설 〈긴 하루〉 유은영.'

모서리는 조금 부서졌지만, 크리스털에 새겨진 글자는 아직 또렷했다. 선생은 물끄러미 그것을 내려다보았다. 찾아오라고 닦달할 때는 언제고, 정작 찾고 나니 꿀 먹은 벙어리가 되었다.

'소설을 쓰던 사람이었구나. 그래서 그렇게 책을 좋아하고…….
그런데 귀한 상패가 왜 거기에 있었던 걸까?'

어쨌거나 승리는 그간의 궁금증이 조금 풀리는 기분이었다.

"은어 덕분이에요. 강에 은어가 나타난 것은 오늘이 처음이에요. 원래는 붕어나 잉어 같은 것들만 살았는데. 갑자기 은어들이 몰려왔어요. 어찌나 신기한지 저도 모르게 강 한가운데까지 은어를 따라갔어요. 거기는 한 번도 가본 적 없었는데……. 거기, 아시죠? 사실 제가 귀신을 좀 무서워해서요. 그치만 이번에는 은어 때문에 어쩔 수 없이……."

은어 때문인지, 숙제를 해결했다는 기쁨 때문인지 흥분한 하마는 좀처럼 진정되지 않았다.

"근데 거기에 있더라고요. 강 한가운데, 바위 많은 곳 깊숙이. 반짝거리는 것을 보고 너무 놀라서 진짜 기절하는 줄 알았어요!"

무용담을 늘어놓는 하마의 머리에서 물이 뚝뚝 떨어졌다. 하마의 설레발에 넋을 잃은 노인을 보며 승리는 문득 뭔가 이상하다는 것을 느꼈다. 유 선생은 언제부터인지 안경을 벗었다. 잘 보이지 않을 때마다 눈을 가늘게 뜨던 버릇도 사라졌다. 여간한 글씨는 읽을 엄두도 내지 않던 노인은 긴장한 얼굴로 상패에 적힌 글자를 오래도록 바라보고 있었다.

이상하기는 하마도 마찬가지였다.

'하마가 원래 그렇게 수영을 잘했던가?'

무섭게 소용돌이치던 물살이 생각나 승리는 저도 모르게 몸서리를 쳤다.

'근데 거기서 저걸 건졌다고?'

비밀

형사에게 말하지 않은 것이 있다. 사실 하마를 마지막으로 본 것은 그날이 아니다.

여름 방학이 시작되었지만, 엄마는 아직 돌아오지 않았다. 일감이 줄어든 아빠는 종일 텔레비전 앞에서 리모컨만 들들 볶았다. 출출하면 큰길 포장마차에서 국수 한 그릇과 소주 한 병을 들이키고는 집에 들어와 천장이 무너질 정도로 시끄럽게 코를 골았다. 가끔은 뭣 때문에 화가 치솟는지 쿵쾅거리며 승리의 방으로 들이닥쳤다. 하지만 소용없다. 이제 승리는 마음만 먹으면 아빠를 얼마든지 따돌릴 수 있다.

문진표에 체크를 하며 의사는 승리에게 이것저것 당부했었다. 잘 씻고, 잘 먹고, 좋은 생각하며 지내라고. 엄마 없는 나날, 여전히 삼시 세끼는 편의점에서 해결 중이다. 그래서일까, 문제가 생겼다. 밤마다 무릎이 쑤셨다. 걸을 때 허벅지 관절에서 "뚝, 뚝." 기분 나쁜 소리도 들렸다. 보건 선생님은 갑자기 키가 너무 빨리 자라면 그럴 수 있다면서 성장통인 것 같다고 했다. 칼슘, 단백질을 많이 먹고 혹시 모르니 병원은 꼭 한번 가보라고, 보건 선생님은 승리의 뒤통수에 대고 잔소리를 했다.

 '성장통 따위로 누가 병원에 가!'

 코웃음을 치고 있는데, 병원에서 전화가 왔다. 몇 달 전 코로나 후유증으로 들렀던 곳이다.

 "안녕하세요. 밝은가정의학과입니다. 전에 안내해 드렸던 선물 세트가 도착했어요. 상담 치료 등록하셨던 분들을 위한 거요. 기억하시죠? 가까운 기일 내로 방문하셔서 선물 꼭 받아 가세요."

 "서, 서, 선물이 뭐, 뭔데요?"

 "소독제, 영양제, 문화 상품권이에요."

 '공무원들이란! 위생, 영양, 정신 상태가 중요하다고 그렇게 꼬치꼬치 캐묻더니만······.'

 문제와 대안이 일대일 함수처럼 짝지어진 것을 보며, 승리는 피식 웃음이 났다. 대충 얼버무리고 통화를 끝내려는데, 간호사의 마지막 멘트가 승리의 귀에 꽂혔다.

"문진표를 보면 정승리 님의 점수는 최하위 그룹, 그중에서도 극극하위권에 해당하기에, 보급품도 두 배나 지급됩니다."

웬만하면 사람들 많은 곳은 피하고 보는 성격이었지만, 성장통에 좋은 영양제를 잘 챙겨 먹으라는 보건 선생님의 목소리가 너무 포근해서 승리의 발걸음은 어느새 병원으로 향했다.

아직도 병원 로비에는 마스크를 쓰고 차례를 기다리는 코로나 환자들이 많았다. 유행이 절정을 넘겼다곤 하지만 지금으로선 어림도 없어 보였다. 몇 달 전 일이 생각났다. 그날의 일은 아직도 실감이 나지 않는다.

'쥐며느리 누나는 잘 지내나? 날도 더운데 지금쯤 전기뱀장어 형은 에어컨을 슝슝 돌릴 수 있지 않을까? 그렇게 이상한 사람들을 다른 곳에서는 본 적이 없다. 아니면, 다들 입을 다물고 사는 건가?'

생각해 보니 승리 역시 누구한테도 자기 증상을 얘기한 적이 없었다. 어쩐지 꿈을 꾼 것도 같았다. 하지만 지금 자신이 병원 소파에 앉아 있다는 사실 자체가 그 일이 꿈이 아니라는 증거였다. 승리는 닫힌 상담실 문을 은밀하게 바라보았다. 지금도 저 방 안에서는 당황한 사람들이 비밀스러운 이야기들을 털어놓고 있을 것이다. 승리가 그랬듯이.

그때였다. 문이 열리며 누군가 밖으로 나왔다. 그날 만났던 상담사다. 얼핏 보니 열린 문 안쪽에서 대여섯 명의 사람들이 고개를 숙이고 종이에 뭔가를 열심히 적고 있었다.

'다들 평범해 보이는데……. 저 사람들은 대표 증상이라는 게 뭘까?'

호기심을 느낀 승리가 좀 더 자세히 사람들을 살펴보려는데, 서류 같은 것을 가지러 갔던 상담사가 다시 방으로 돌아왔다. 문이 "쾅" 닫혔다. 승리가 하마를 마지막으로 본 것은 그 순간이었다.

가짜 꿈

여름이 오기 전, 사거리 고시원에 살던 청년이 이곳을 떠났다. 근처 전문대학을 다니던 학생이었다. 은영이 청년을 처음 만난 것은 지난해 겨울이었다. 큰길에서 은영의 집으로 접어드는 길 어귀에 편의점이 하나 있었다. 청년이 일하는 곳이었다. 손님이 없으면 책에 머리를 박고 문제집 같은 것을 풀고 있다가, 문 열리는 종소리에 놀라 벌떡 일어서곤 했다.

어느 날, 캐리어를 끌고 편의점 앞을 지나가는 은영을 청년이 뒤에서 불렀다. 그는 쑥스러운 미소를 지으며 차곡차곡 모아 둔 라면 상자를 내밀었다. 따뜻한 병 두유와 함께. 은영이 고물을 줍는 줄 알았던 것이다. 잠깐 망설이던 은영은 캐리어의 지퍼를 열어 보였다. 유행하던 자기계발서 몇 권, 청소년을 위한 세계사 시리즈물.

"나는 책만 모아요."

청년의 얼굴이 새빨개졌다.

유난히 바람 소리가 거센 어느 밤, 가게 밖에서 허름한 카디건을 걸친 은영이 지나가는 것을 본 청년은 온장고에서 제일 따뜻한 음료병을 꺼내 들고 황급히 은영을 쫓아왔다. 겨울의 밤거리는 노인들과 어울리지 않는 장소. 일 나갔던 이들도 돌아와 따뜻한 이불 속에서 피곤한 몸을 녹이는 그 시간, 아직도 땅바닥을 두리번거리며 집 밖을 헤매는 은영이 청년은 마음이 쓰였던 것이다.

은영은 난감했다. 최저 시급의 일상은 또 얼마나 고단할 것인가. 볼 때마다 뭔가를 내미는 청년의 마음은 고맙지만, 한편으로는 부담스러웠다. 매번 사양하는 것도 신경 쓰여서, 몇 번인가는 다른 길로 돌아간 적도 있었다. 하지만 그날 밤, 은영은 청년이 내민 유리병을 잠자코 받았다. 그날따라 바람이 차가웠고, 장갑을 잃어버려 손은 꽝꽝 얼었고, 온장고에서 몸을 데운 유리병만큼 청년의 미소가 너무 따뜻했기에.

다음 날 은영은 편의점에 들러 도서상품권을 몇 장 남겼다. 그는 잠깐 자리를 비운 모양이었다. 계산대 한쪽에 매일 청년이 머리를 박고 공부하던 책이 보였다.《편입 영어》. 봉투를 끼워 두려고 앞 장을 넘기니 청년의 글씨인 듯 결연한 다짐도 적혀 있다.

"서울 입성! OO 대학 합격!"

그날 이후, 은영은 편의점 앞을 지날 때마다 저도 모르게 안쪽을 기웃거렸다. 사려던 물건이 있어도 청년이 열공 중이면 다음을 기약했다. 겨울이 지나고 봄이 올 때까지 청년은 같은 시간, 같은 장소에서 똑같은 하루하루를 견뎌냈다. 온 세상에 하얀 벚꽃이 만개한 봄밤, 꽃놀이하는 행인들의 웃음소리가 일렁이는 그 밤, 한 뼘밖에 되지 않는 좁은 카운터도 청년에게는 어울리지 않는 장소다. 은영 역시 그가 안쓰러웠다.

때 이른 더위가 찾아온 어느 날, 은영이 지나는 것을 보고 청년이 가게에서 뛰어나왔다. 차가운 이온 음료를 내밀며 청년이 말했다. 이제 부모님 집으로 돌아가기로 했고, 오늘이 마지막 근무라는 것이다.

"내 일은 내가 알아서 한다고 큰소리를 쳤는데, 졸업해도 갈 곳이 없었어요."

목표가 있었지만, 이제는 다 접었다며 청년은 풀이 죽은 목소리로 말했다. 무엇보다 몸이 아프니까 버티기가 힘들다면서 마스크 너머에서 청년은 계속 콜록거렸다.

"'꿈은 이루어진다', '중요한 건 꺾이지 않는 마음이다' 뭐 이런 말에 가스라이팅 됐었나 봐요. 목표를 원대하게 잡고, 보란 듯이 열심히 살고, 그러면 당연하게 꿈꾸던 것을 이룰 줄 알았어요. 포기하면 영원히 루저가 될 것 같았거든요."

그는 씁쓸하게 웃었다.

"근데 원한다고 모두 다 얻을 수 있는 건 아니잖아요. 이룰 수 없는 꿈을 꾸는 사람도 있고, 아무리 노력해도 안 되는 사람도 있고. 진짜 원하는 게 뭔지 모르는 사람도 있고……. 나중에 다시 생각해 보려고요. 내가 진짜 바라는 게 뭔지, 어떻게 살아야 할지……. 지금은 말고, 나중에요. 지금은 너무 지쳤어."

'원한다고 다 얻을 수는 없지. 그럴듯한 가짜 꿈에 홀릴 수도 있고.'

청년의 목소리가 은영의 귀에 종일 울렸다.

그날 이후, 은영은 앓아누웠다. 청년에게서 코로나가 옮은 것이다. 사망자의 대부분은 지병이 있는 환자나 노인이라고, 뉴스에서는 연일 겁주는 소리를 했다. 은영은 제 발로 병원을 찾아갔다. 보호자 없는 노인이 혼자 감당하기에 코로나는 정녕 무서운 질병이었다.

격리 병동에 갇혀 있는 동안 은영은 질병의 위력을 제대로 경험했다. 숨 쉬는 데 관여하는 모든 인체 기관이 삐그덕거렸다. 낮보다 밤, 어제보다 오늘 더 아팠다. 눈에 보이지도 않는 바이러스의 기세에 은영은 조금씩 절망했다.

'아…… 이렇게 죽는구나.'

고열이 혹심한 날에는 헛것까지 보였다. 꿈인지 상상인지 모를 기억 속을 은영은 온종일 헤매었다.

기억 속에서 은영은 무언가를 열심히 읽고 있다. 스테이플러로 찍은 A4 종이 다발. 학생이 제출한 리포트다. 종이를 넘기는 은영의 얼굴이 점점 상기된다. 마지막 장을 덮은 은영은 흥분이 가시지 않은 표정으로 앞표지에 A$^+$라 적는다. 은영은 학생을 부른다. 탁월한 재능을 타고났으니, 앞으로 글 쓰는 삶을 살아 보라고. 교수의 칭찬에 제자의 입이 귀에 걸린다.

"감사합니다. 교수님!"

행복에 들뜬 목소리가 은영의 연구실에 울려 퍼진다.

열이 내리며 의식이 돌아온 은영은 꿈을 꾸었다는 것을 깨달았다. 현실은 달랐다. 은영은 그 원고에 C 학점을 주었다. 시험공부하느라 바빠서 몇 시간 만에 후다닥 써낸 거라고 학생이 친구에게 떠벌리는 것을 들었기 때문만은 아니었다. 널널할 줄 알고 신청했는데, 은근히 사람 귀찮게 구는 과목이라고 투덜거려서도 아니었다. 임용고시를 준비하던 제자에게 '소설 창작론'은 '은근히 사람을 귀찮게 하는 과목'이었고, '소설 쓰기'는 시험공부할 시간을 갉아먹는 훼방꾼이었다. C 학점은 자기가 얼마나 대단한 글을 썼는지 알지 못하는 무지함에 대한 평가였다.

40도까지 열이 치솟은 날에는 다른 것도 생각났다. 이번에는 우체국이다. 등기 우편으로 어딘가에 원고를 보냈던 일이 어제처럼 생생했다. 겉 봉투에 주소를 적어 내려가던 오른손의 떨림, 가슴을 뚫고 나올 것처럼 빠르게 뛰던 심장, 마침내 접수원에게 봉투를 넘기던 찰나의 주저함까지.

봉투에 보랏빛 소인을 찍고 있는 우체국 직원에게 '생각이 바뀌었다고, 다시 돌려 달라고 소리를 지르고 원고를 빼앗을까……' 하며 마지막까지 극심한 갈등이 머릿속을 휘몰아쳤지만, 결국 은영은 그대로 돌아왔다. 봉투 속의 작품은 두 달 뒤, 세상으로 나왔다.

'태원문학상 수상작. 유은영 〈긴 하루〉.'

낯선 병실에서 삶을 마감할지도 모른다는 생각에 은영은 마음이 조급해졌다. 그때 다른 선택을 했다면, 은영의 삶은 지금과 달랐을까?

'그때로 돌아갈 수만 있다면, 시간을 되돌릴 수만 있다면, 아아…… 다시 돌아갈 수 있다면.'

정확히 2주 뒤에 은영은 퇴원했다. 심하게 앓은 것에 비해 회복이 빨랐다. 토네이도가 휩쓸고 간 들판처럼 머릿속은 모든 것이 뒤죽박죽이었지만, 몸은 오히려 앓기 전보다 가뿐했다. 집으로 돌아가는 버스 안, 병원에서 받은 '퇴원 후 안내서'를 살펴보다 은영은 문득 놀랐다. 읽고 있었다. 10포인트로 출력된 인쇄물을, 아까부터 아무렇지도 않게.

변신

"어이, 카멜레온 학생! 아직도 몸 색깔이 막 변하나? 응? 그래도 이제는 적응이 좀 되지 않았어? 너무 걱정하지 말아요. 때 되면 정상으로 돌아오는 사람들이 더 많으니까."

병원 문을 나서다 의사와 마주쳤다. 몇 달 전에 잠깐 만난 환자를 아직도 기억하는 것이 놀라웠다.

'역시 의사들은 다 머리가 좋은 건가?'

"그때 상태가 너무 심각해서 학생은 내가 특별히 기억한다니까. 뭐 하나 괜찮은 게 없었잖아. 그런 환경에서는 다른 병이 안 걸린 게 신기할 지경이었거든. 어때, 지금은? 이제는 잘 챙겨 먹고, 좀 치우고 사나?"

떠들썩한 의사의 목소리에 대기실 환자들의 시선이 집중되었다. 승리는 아무렇게나 고개를 끄덕이고 서둘러 병원을 빠져나왔다. 의사의 목소리가 아직도 귀에 쟁쟁했다.

'좀 치우고 사느냐고? 물론이다. 예전의 내가 아니란 말씀.'

처음에는 의아했다.

'나보다 더 깔끔하면 그건 결벽증이지!'

친구 집에 가 본 적이 없어서 남들도 다 그렇게 사는 줄 알았다. 승리가 좀 더 심하기는 했지만, 청소에 관심이 없기는 엄마도 마찬가지였다. 그런데 언젠가부터 승리는 집이 조금 불편해졌다. 집에 돌아와 방문을 열었다가, 저도 모르게 흠칫 놀란 적도 있었다.

한 학기 내내 승리에게 주어진 미션은 청소와 정돈. 먼지를 털고, 묵은 때를 벗기고, "뽀드득" 소리가 나도록 책꽂이를 문지르고, 마무리로 걸레를 빨아 빨랫줄에 널고…… 일을 마친 뒤 반짝거리는 벤치에 누워 천장을 보면, 장지문을 통과한 햇살이 고요한 방안에 빛을 뿌렸다. 청결한 적요로움. 불필요한 사물이라고는 찾을 수 없는 과묵한 공간 속에서 승리는 겪어 본 적 없는 평화를 느꼈다.

하지만 집에 돌아오면 대환장 카오스의 지옥문이 열렸다. 달라진 것은 아무것도 없는데, 17년 익숙했던 풍경이 못 견디게 거슬렸다. 마침내 승리는 용단을 내렸다. 치우고 살기로. 아니, 살기 위해 치우기로 결심한 것이다.

처음에는 계획이 소박했다. 제 방 하나만 해결할 작정이었다. 승리는 제일 큰 종량제 쓰레기봉투를 가져와 눈에 보이는 물건 대부분을 그 안에 집어넣었다. 그것만으로도 숨통이 트였다. 오래도록 제집처럼 터전을 잡고 승리와 공존하던 바퀴벌레에게는 살충제 한 바가지를 시전하고, 그늘진 곳마다 시커멓게 지도를 그려 놓은 곰팡이 위에는 인터넷으로 구매한 스프레이를 뿌려 주었다. 간신히 살아남은 극소수의 사물들은 종류별로 묶어서 어울리는 공간을 할당했다. 기준을 정하고 그것에 맞게 물건을 정돈하는 것에 승리는 어느덧 도가 텄다. 마무리는 물론 "뽀드득" 소리 나는 물걸레질.

하지만 점점 일이 커졌다. 방에서 마루로 나서는 순간, 방금 씻은 발로 개똥을 밟은 것 같은 불쾌감이 엄습했다. 마루를 밟지 않고 살 방법은 없기에, 이번에는 마루를 홀딱 뒤집어엎었다. 그다음은 부엌. 그리고 화장실. 마지막은 아빠가 버티고 누운 안방이었다. 실수로 모래 지옥에 한 발을 디딘 나그네처럼, 여름 내내 승리는 무서운 청소 지옥에 빠져들었다.

뭐라도 산소리할 세 없나, 쇠투리를 잡으려던 아빠는 집안이 변해 가는 모습에 입을 다물었다. 승리가 본격적으로 청소를 시작하면, 슬그머니 집을 나갔다가 저녁때 왕만두나 족발 같은 것을 사들고 돌아왔다. 램프의 요정이 집을 통째로 세탁기에 돌린 것처럼 온 집안에 상쾌한 세제 냄새가 떠돌았다.

사람이 차지할 공간에서 쓰레기를 추방한 것만으로도 백 배쯤 쾌적했다.

'엄마가 돌아와 이 광경을 본다면 얼마나 놀랄까? 엄마 곁에 우글거리는 쓰레기 같은 인간들도 말끔히 치워 버릴 수 있다면, 엄마의 삶도 지금보다 훨씬 살아갈 만할까?'

혼자 사는 노인을 돕겠다고 시작한 일이었지만, 생각해 보니 도움을 받은 것은 오히려 승리였다. 몇 달 사이에 평생 읽은 것보다 몇십 배나 많은 책을 읽었고, 덕분에 책을 보는 안목도 생겨났다. (적어도 유 선생 앞에서는) 더 이상 말을 더듬지 않게 된 것도 놀라운 변화였다. 낭독을 마치면 방금 읽던 단락의 연장인 듯 말이 술술 잘 나왔다.

패 주고 싶은 놈들의 이름을 수십 번, 수백 번, 쓰고 또 쓰는 조잡스러운 짓도 관둔 지 꽤 되었다. 유치찬란한 저주를 담기에 선생이 준 노트는 지나치게 고급이었다. 이제는 이름 대신 기억을 적는다. 이유도 없이 허공에서 날아와, 승리의 시간 속에 꽂혔던 숱한 폭력의 화살들. 디테일한 기억들은 구질구질하고 쪽팔리는 것투성이인데, 글로 써 내려간 장면들은 어쩐지 슬프고 비장했다.

헤어지는 날, 유 선생은 아무 때나 와서 책을 읽어도 좋다고 했다.

"계속 일 시키려는 건 아니고요?"

"책 읽어 달라고 안 할 테니까, 자주 와."

"헐! 안경을 벗었네요? 잘 보이면서 그동안 나 속인 거예요?"

"그건 아닌데, 그렇게 됐어. 덕분에 너도 더듬는 거 고쳤잖아."

"무, 무, 무, 무슨 그런 어, 어, 억지를!"

그렇게 낄낄거리다가 둘은 헤어졌다.

세 번째 용의자

범인은 뜻밖의 인물로 밝혀졌다.

2학기가 시작된 직후였다. 9월이라고는 해도 아직 여름의 열기가 사그라들지 않았다. 팬데믹 기간 동안 학생들을 직접 보지 못한 것에 한이 맺힌 듯, 교장은 월요일마다 꼬박꼬박 운동장 조회를 했다. 교장의 훈화 말씀이 길어질수록 더위와 지루함에 몸을 꼬는 아이들이 늘어 갔다.

"줌으로 수업할 때가 좋았어. 모니터만 켜 놓고, 책 밑에서 폰으로 게임하면 개꿀이었는데."

끝날 듯 말 듯, 희망 고문을 하며 교장은 좀처럼 단상에서 내려오지 않았다. 듣는 사람 하나 없는데, 허공에 대고 저렇게 절절하게 열변을 토하는 정신력만큼은 존경할 만했다.

"누가 대표로 기절이라도 하면 좋을 텐데. 전교 회장은 뭐하나? 이럴 때 희생하라고 뽑은 거 아냐?"

그때였다. 운동장을 가로지르며 누군가 걸어왔다. 형시였다. 새로운 인물의 등장에 아이들은 일제히 입을 다물었다. 수백 개의 눈동자가 자신을 바라보고 있다는 것을 깨달은 그는 잠깐 당황하는가 싶더니, 곧장 단상 아래 서 있는 선생에게 다가가 입을 막고 뭐라고 소곤거렸다. 놀란 선생이 집게손가락으로 한쪽을 가리켰다.

교장의 훈화는 조금씩 클라이맥스를 향해 치닫고 있었지만, 듣는 사람은 아무도 없었다. 아이들의 관심은 이미 다른 곳에 있었다. 선생의 손끝에서 광선검이라도 발사된 듯, 수백 개의 시선이 일제히 손가락이 가리킨 방향을 따라갔다.

거기에 DB가 있었다.

조회가 끝나자마자 개새는 경찰서로 끌려갔다. DB의 혐의는 절도와 장물 거래. 일단은 그랬다. 훔친 물건을 온라인으로 팔다가 걸린 것이다.

"증거 있어요? 증거 있냐고요."

경찰서에서도 DB는 기가 죽지 않았다. 입으로는 큰소리를 치면서 속으로는 미친 듯이 잔머리를 굴리는 중이었다. 아이디도 계정도 모두 가짜다. 물건을 받아 간 사람도 모르는 얼굴이었다. 제 딴에는 완전 범죄라고 생각했는데, 어디서 걸린 건지 도무지 알 길이 없었다.

DB가 팔아넘긴 물건은 반지, 목걸이, 몽블랑 만년필 그리고 순금 메달 같은 것들이었다. 증거를 가져오라고 길길이 날뛰던 녀석은 원하는 바대로 형사가 증거를 들이대자 금세 야코가 죽었다. 구매자에게 물건을 넘기는 장면이 찍힌 사진이었다.

형사는 코웃음을 쳤다.

'조무래기들이란. 이렇게 피해자 이름이 떡하니 찍힌 걸 팔면 어쩌자는 거야.'

태원문학상. 유은영.

문학상 부상으로 주어진 순금 메달이었다. 풀 죽은 얼굴로 고개를 떨군 녀석에게 형사가 기습적으로 소리를 질렀다.

"그래서 노인은 지금 어디 있어?"

"그게 무슨 소리예요?"

"이렇게 증거가 있는데 또 잡아뗄 거야? 설마…… 죽였어?"

생각지도 못한 말에 DB는 까무러칠 듯 놀랐다.

'살인이라니. 내 전공은 도둑질이지, 그린 어마무시한 일과는

거리가 멀다고!'

일이 점점 심상치 않은 방향으로 흘러가는 것을 느끼자, DB는 당황해서 말까지 더듬었다. 집 앞을 지나가는데 대문이 열려 있어서 저도 모르게 마당에 들어갔다가, 안방이 열렸길래 저도 모르게 방으로 들어갔다가, 마침 값나가는 물건이 보여 저도 모르게 집어 왔다는 것. 좀비도 아닌데 모두 다 저도 모르게 저지른 일이라는 것이다. 손짓, 발짓을 총동원하고, 앉았다 일어서기를 반복하는 녀석을 시큰둥하게 바라보던 형사는 말이 끝나자마자 또다시 똑같은 말로 소리를 버럭 질렀다.

"그래서 노인을 어떻게 했냐고!"

'아, 진짜! 여태 뭘 들었냐고!!!'

개새는 억울한 듯 눈물까지 찔끔 보였다.

"할머니는 안채에 있어서 얼굴도 보지 못했다고요. 그날은 정승리 그 새끼랑 작업하는 날이라 웬만해서는 바깥으로 나오지도 않는다니까요."

"길 가다가 '저도 모르게' 들어갔다면서?"

"아이씨, 미치겠네. 수요일은 정승리가 뒤뜰 서재에서 일하는 날이에요. 내가 그 집에 들어갔던 날, 할머니는 그 새끼랑 같이 있었어요. 정말 나는 본 적도 없어요."

"말 바꾸는 데는 선수로군."

DB는 답답한 듯 한숨을 내쉬었다. 형사는 듣는 시늉도 하지 않았다.

'도둑놈의 새끼. 하나를 보면 나머지는 뻔하지.'

녀석이 옆에서 날뛰는 동안, 형사는 자기만의 생각에 빠져 있었다. 일단 절도는 인정했으니, 좀 더 무섭게 겁을 주면 다른 것들도 금세 자백할 것 같다. 절도와 실종. 골치 아팠던 두 가지 사건을 한 방에 해결했다는 사실에 형사는 한껏 기분이 고무되었다.

경찰서에 도착한 익명의 우편물을 자신이 제일 먼저 발견한 것이 행운이었다.

'하지만 운빨도 실력이 아닌가. 아무리 똑똑한 척 거만을 떨어봐야, 운 좋은 놈한테는 당할 수 없다. 그것이 인생의 진리다.'

그동안 남모르게 쌓여 있던 열등감이 한꺼번에 날아가는 기분이었다.

스마트폰을 카톡이나 뉴스 검색 정도밖에 사용할 줄 모르는 형사는 암호화된 인터넷 거래에 대해서는 무지한이었다. 주기적으로 사이버 범죄에 대한 보수 교육이 있었지만, 온통 모르는 용어들뿐이어서 일찌감치 포기했다.

'그런 거 해결하라고 사이버 수사대가 따로 있지 않나. 내게는 대신 촉이 있어. 잘난 척하기 좋아하는 놈들이 아무리 떠들어 봐야 베테랑 형사의 직감을 이길 수는 없단 말이지.'

형사의 직감이 중요하다고 우기고는 있지만, 자기만의 뇌피셜로 가실을 세우고, 그 촉이 지목하는 자들을 일일이 찾아가 족치는 구닥다리 수사 방식에 대해서 어느 정도 한계를 느끼고 있던 참이었다. 카스텔라와 우유로 끼니를 때우며 몇 날 밤 잠복 수사를 하는 동안, 포렌식 전문가를 자처하는 젊은 형사들은 시원한 사무실에서 컴퓨터만 두드리다가 냉큼 범인을 잡아들였다.

베테랑 형사의 낡은 촉은 정밀함을 상실한 지 오래였다. 애꿎은 사람을 범인이라 믿으며 강압적으로 찍어 누른 탓에, 눈물로 써 내려간 시말서만 해도 여러 장이었다. 징계 직전까지 몰릴 뻔한 적도 한두 번 있었지만, 비슷한 고충을 절감하던 상사의 동병상련이 치명적인 처벌에서 그를 구했다.

이번 일도 그랬다. 결정적 제보가 없었다면 아직도 동네방네 들쑤시며 효율 낮은 탐문을 계속하고 있을 것이 뻔했다. 말 많은 이장 사모한테나 한 번 더 들러 볼까, 하고 경찰서를 나서다가 방금 도착한 우편물을 발견한 것이다. 발신자는 없었다. 형사의 촉이 봉투를 가리켰다.

누런 관제 봉투에서 개새의 범죄를 입증하는 자료들이 쏟아져

나왔다. 중고 거래 사이트에 올라온 장물 사진, 그 사진 배경에 언뜻 찍힌 라임색 티셔츠와 운동화 조각. 교문을 나서는 녀석의 교복 속 똑같은 셔츠와 똑같은 운동화. 근거리에서 찍은 듯 화질도 선명했다.

'역시 대한민국 네티즌은 FBI를 능가한다니까.'

다시 보아도 놀라웠다. 결정적인 것은 ATM에서 녀석이 돈다발을 인출하는 장면이었다. 구매자가 송금한 지 5분도 안 되어, 예금 계좌도 없는 개새는 기계에서 현찰을 뽑았다.

'그런데 이것들은 다 어떻게 찍은 거지? 근처에서 몰래 녀석을 지켜보면서 돈을 보낸 건가? 그럼 물건을 사겠다고 한 것부터가 함정이었나?'

궁금증이 꼬리를 물었지만, 그는 곧 생각을 멈추었다. 범인을 잡았으니 그걸로 충분했다. 자신의 일은 나쁜 놈을 잡는 것이지, 익명을 원한 제보자의 정체를 추적하는 것이 아니었다.

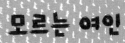

모르는 여인

DB가 경찰서에 잡혀갔다는 소식에 학교가 발칵 뒤집혔다. 도둑질보다 납치 사건의 용의자라는 사실에 아이들은 더 놀랐다. 개새의 손버릇 나쁜 거야 새로울 것이 없었다. 오히려 여태껏 공권력의 은혜를 받지 않은 것이 신기할 지경이었다. DB에게 당한 아이들을 모으면 두 학급 정도는 너끈히 만들 수 있을 것이다.

대놓고 돈을 내놓으라고 손을 내미는 것은 기본 중의 기본. 화장실 다녀온 사이에 에어팟이나 태블릿 같은 것을 털린 아이들도 허다했다. 한 달 전, 옆 반 은수는 일 년 동안 용돈을 모아서 산 소니 헤드폰을 일주일 만에 잃어버렸다. 누구 짓인지야 뻔한 노릇이지만 입을 다물었다. 중학교 때 담임에게 도난 신고를 했던 준우가 어떤 일을 당했는지 잘 알고 있기 때문이다. 준우의 아이패드는 개새의 사물함 깊은 곳에서 발견되었지만, 초짜 담임은 그 일을 정중한 사과로 서둘러 마무리했다. 그 후 준우는 일 년도 버티지 못하고 결국 먼 동네로 진학을 갔다.

햄버거 셔틀이나 커피 셔틀은 귀여운 수준이었다. DB의 데이터 셔틀로 찍히면, 아예 집에 가기 전까지 핸드폰을 녀석에게 맡겨야 한다. 핫스팟 사정거리 안에 있어야 DB가 데이터를 마음대로 쓸 수 있기 때문이다. 학생이 무슨 무제한 요금제냐고 엄마가 뭐라고 하면 인강을 들어야 한다고 대답하라고, 개새는 친절하게 모범 답안까지 일러 주었다. 종일 휴대폰을 볼모로 잡힌 자의 불안과 고통에 비하면 돈이나 물건을 뺏기는 게 차라리 깔끔하다며, 희한한 자기만족에 빠진 녀석도 있었다. DB가 훔친 물건을 팔다 걸렸다는 소식에 대다수 아이들은 '개새가 개새했다'며 시큰둥했다.

하지만.

납치는 차원이 달랐다. 납치라는 것은 본질적으로 강압을 전제로 진행되기에 피해자의 저항을 불러오기 마련이다. 보통 영화 속에서는 납치된 자의 그 몸부림이 끔찍한 연쇄적 범죄를 유발하는 트리거로 작동했다. 그다음 벌어질 일은…… 상상만 해도 오싹했다. 고삐리가 저지르기에 그건 너무 살벌한 강력 범죄가 아닌가.

나쁜 놈인 줄은 알았지만 그렇게 나쁜 놈인 줄은 몰랐다면서, 쉬는 시간만 되면 아이들은 온통 그 얘기뿐이었다. 평소에는 입을 다물고 있던 자들도 저마다 한마디씩 상상력을 보탰다. 아무것도 밝혀진 것은 없었지만, DB는 어느새 납치범을 거쳐 살인범으로 둔갑했다.

승리는 다른 것에 더 신경이 쓰였다. 며칠째 하마가 결석이다. 얼마 전까지만 해도 하마를 용의자로 점찍었던 형사는 DB를 붙잡은 이후 하마에게는 깨끗하게 관심을 끊었다. 집으로 돌아가는 길, 승리의 발걸음은 저도 모르게 노인의 집으로 향했다. 모두 어디로 사라진 것일까. 영문을 알 수 없었다. 반짝이는 것도 찾았고, 먼지 풀풀 날리던 창고 안의 책들도 어울리는 곳에 자리를 잡았다. 물건들은 모두 제 자리를 찾았는데, 이번에는 사람들이 사라졌다.

승리는 편지함에서 열쇠를 꺼내 익숙하게 대문을 열었다. 유 선생이 일러 준 것이다. 빈집에서 작업을 하고 있으면 외출했던 노인이 봉지에 아이스크림 같은 것을 사 들고 돌아오곤 했다. 책 좀 읽어 보라고 다그치던 선생의 목소리가 들리는 것 같다. 그때는 괴로웠는데, 지금은 왁자지껄했던 그 시간들이 그리웠다. 제 손으로 하나하나 꽂아 넣은 책들을 바라보며, 승리는 긴 의자에 몸을 뉘었다.

그때였다. 밖에서 소리가 들렸다.

'유 선생이 돌아온 건가? 아니면 하마? 설마 현장에 다시 나타난 진범?'

승리는 본능적으로 몸을 숨겼다. 승리의 몸이 조금씩 배경 속으로 스며들었다. 문밖에서 부산스러운 인기척이 들렸다. 저벅저벅 걷는 소리, 무언가 바닥에 떨어지는 소리, 가끔 힘겨운 듯 "휴~" 하고 내뱉는 사람의 숨소리. 소리는 점점 가까워졌다. 조심성이라곤 찾아볼 수 없는 분위기로 보아 아무래도 범인은 아닌 것 같다. 슬슬 나가 봐야 하나 망설이고 있는 그때, 서재의 문이 활짝 열렸다.

모르는 여자였다. 젊지도, 늙지도 않았다. (여자 어른의 나이를 짐작하는 것은 세상에서 제일 어려운 일이다) 무거운 상자를 옮기느라 숨을 헐떡이는 그녀의 얼굴에 땀방울이 송골송골 맺혔다.

'누구지?'

분명 어디서 본 것 같은데, 생각이 나지 않았다. 여자는 상자에 가득 담긴 책들을 긴 테이블에 꺼내 놓고, 마당에 널어 둔 물수건을 가져와 익숙한 동작으로 닦기 시작했다. 침입자라기에는 너무 당당했고, 손님이라기에는 뭔가 태연했다. 모르는 사람이 갑자기 나타나서, 몇 달 동안 자신이 해 왔던 일을 똑같이 하는 모습에 승리는 당황했다.

'진짜 뭐냐고!'

한참 숨어서 지켜보았지만, 여자는 돌아갈 마음이 없어 보였다. 콧노래까지 흥얼거리며 책 정리 삼매경에 빠졌다. 먼지를 닦다가 인덱스가 붙은 책을 발견하면, 표시된 페이지를 펼쳐 놓고 정지 화면처럼 독서에 몰두하곤 했다. 방광에 고인 액체가 승리를 압박하기 시작했다.

'여태 숨어 있다가 느닷없이 등장하면 보나 마나 돌고래 비명이 터질 텐데…….'

대략 난감이었다.

난감함에서 승리를 구한 것은 뜻밖의 인물이었다. 갑자기 형사가 들이닥쳤다. 순찰하다가 실종자의 집 앞에 못 보던 자동차가 주차된 것을 보고 뛰어 들어온 것이다. 형사 역시 모르는 얼굴에 당황했다. 지금 유치장에 자기 손으로 잡아넣은 범인이 있는데 제3의 용의자라니!

"경찰입니다. 누군데 주인도 없는 집에 함부로 들어온 겁니까? 일단 주거 침입으로 경찰서에 함께 가 주셔야겠습니다. 반박할 말 있으면 거기서 하세요."

사태가 이상하게 돌아갔다.

'그럼 저 사람이 범인이라고?'

"가시죠. 가서 다 설명해 드릴게요."

'뭘 설명한디는 거야! 설명하려면 여기서 하라고!'

숨어 있던 승리는 궁금해 죽을 지경이었다. 덕분에 종일 머릿속
을 차지하고 있던 하마 걱정은 어느새 말끔하게 사라지고 말았다.

또 다른 세상

일주일 만에 하마가 등교했다.

"닭 많이 튀겼냐? 그래도 학생이 학교는 나와야지."

담임은 건성으로 혼내는 시늉을 했다. 그전에도 가게가 바쁠 때마다 엄마는 아들을 학교에 보내지 않았다고 한다. 그걸 몰랐던 승리만 혼자 애를 태웠다. 하지만 이번에는 엄마 때문에 학교를 빠진 것은 아니었다.

점심시간, 운동장 벤치에서 하마는 승리에게 엉뚱한 얘기를 했다.

"나, 조만간 멀리 떠날 거야. 너한테는 말해야 할 것 같아서."

"전학 가냐?"

"그건 아니고…….."

학생이 전학이 아니면 학교에 안 나올 일이 뭐가 있을까?

"아니면 뭔데?"

"말해도 이해하지 못할 기야."

"또, 오옥 바로 말해 새꺄!"

답답하게 구니까 다시 말이 꼬였다.

"어디서부터 말해야 할지 모르겠는데……. 너 PCM이라고 들어봤어?"

개새의 일격에 물살에 휩쓸려 간 그날, 하마는 강 깊은 곳까지 빨려 들어갔다. 회오리 물살은 거꾸로 부는 토네이도처럼 하마의 몸을 아래로 아래로 빨아들였다. 소용돌이치는 물결에 정신이 아득해질 무렵, 마침내 물결이 잔잔해졌다. 하마는 조심스럽게 눈을 떴다. 강바닥이었다.

눈앞에 펼쳐진 광경에 하마는 입을 다물지 못했다. 거기는 또다른 쓰레기 왕국이었다. 페트병이나 스티로폼 같은 가벼운 것들이 물 밖의 침략자라면, 강바닥은 부력을 거부하는 것들의 식민지였다. 유리병, 캔, 타이어, 해진 옷가지, 찢어진 그물. 언제부터 거기에 있었는지 짐작조차 할 수 없을 만큼 오래된 것들이 바닥에 몇 겹이나 쌓여 있었다.

폐그물에 갇혀 죽은 물고기를 보니 여지없이 눈물이 쏟아졌다. 한참 울다가 하마는 문득 새로운 사실을 깨달았다. 물속에서는 아무리 울어도 들키지 않겠구나. 눈물이 안 보이니까 툭하면 질질 짠다고 놀릴 사람도 없겠구나.

'이거 완전 대박인데?'

이번에는 기쁨의 눈물을 흘리려던 하마가 갑자기 울음을 멈췄다.

'잠깐만! 나 지금 어떻게 된 거지? 조금도 숨 막히지 않잖아!'

의사는 대수롭지 않은 말투로 얘기했다. 전문용어로 PCM이라나 뭐라나, 아무튼 코로나 후유증이라는 것이다. 요즘 흔한 증상이니까 크게 걱정할 것 없다면서, 상담 받으면 선물을 준다는 말만 강조했다. 의사는 걱정하지 말라고 다독였지만 걱정은커녕, 하마는 뜻밖의 능력에 새로운 계획을 구상하느라 머릿속이 분주했다.

그날 이후 하마는 종일 강에서 살았다. 전보다 마대를 더 많이 가져와서, 본격적으로 강바닥의 쓰레기를 모으기 시작했다. 물 밖에서는 조금만 움직여도 숨이 가쁜데, 물속에서는 오래 헤엄쳐도 아무렇지 않았다. 어류의 DNA가 어쩌고저쩌고, 의사가 한 말은 한마디도 알아듣지 못했지만, 죽을병은 아니라고 했으니 그걸로 안심이다.

'반짝이는 것'을 찾게 된 것도 새로운 능력이 가져다준 선물이었다. 사람들이 다리 위에서 던진 유리병을 줍다가, 낡은 구두 밑에 숨은 그것을 발견한 것이다. 보자마자 알 수 있을 거리더니, 반짝거리는 크리스털 위에는 과연 노인의 이름이 선명했다.

이제 하마는 매일 강바닥을 정찰했다. 조금씩 말끔해지는 물속 풍경을 다른 사람에게 보여 줄 수 없는 것이 안타까울 지경이다. 힘들면 그냥 그 안에서 쉬었다. 흐르는 물살에 몸을 맡긴 채 멍 때리고 물 밖을 바라보면 얼굴 위로 송사리 떼가 간질간질 헤엄을 쳤다. 헤엄치는 송사리의 배를 본 사람은 자기밖에 없을 거라며, 하마는 혼자 감격했다.

그때, 은어가 왔다. 송사리 떼가 지나간 자리에 푸른빛이 어우러진 은색 물고기가 떼 지어 몰려왔다. 아름다웠다. 하마는 서둘러 물 밖으로 나와 방금 자기가 본 물고기를 검색했다. 은어였다. 바다로 돌아갔다가 깨끗한 물로만 되돌아온다는 은어. 붕어랑 잉어만 살던 이곳에 은어가 나타났다는 것은 물이 맑아졌다는 증거였다.

'진짜 강물이 전보다 깨끗해진 건가?'

하마는 주변을 둘러보았다. 몇 달 동안 매일 청소했더니, 물 밖에 떠다니는 쓰레기는 거의 없었다. 이제 하마는 물속도 살필 수 있다. 거기도 말끔하다. 하마는 가슴이 두근거렸다.

하마가 물속에서 작업을 하고 있으면, 호기심 많은 물고기가 하마의 곁을 맴돌았다. 황사가 지나간 어느 봄날의 공기처럼, 이곳의 생명체들도 이제 한결 깨끗해진 물에서 조금은 편하게 숨 쉴 수 있지 않을까, 그런 생각을 하니 다시 찔끔 감동의 눈물이 솟구쳤다.

하마는 점점 더 먼 곳까지 헤엄쳤다. 한번 잠수하면 커다란 마대를 꼭 채울 때까지 물 밖으로 나오지 않았다. 기다란 막대기로 바닥을 파헤치면 아주 오래된 것들도 튀어나왔다. 미원, 써니텐, 럭키 치약, 쥬단학 로션, 크라운 맥주…….

'이런 건 조선 시대 사람들이 쓰던 건가?'

조금만 더, 조금만 더, 욕심을 내다보면 어느새 하늘이 어둑어둑해졌다.

그날은 이상한 날이었다. 은어 떼를 따라가다가 하마는 흘끗 물 밖을 살폈다. 슬슬 돌아갈 때가 되었다. 얼마 전에도 너무 먼 곳까지 갔다가 집에 가는 길을 찾지 못해 애를 먹은 적이 있었다.

'오늘은 여기까지!'

하마는 쓰레기로 가득 찬 포대의 줄을 동여맸다.

하마가 강바닥에 앉아 자루를 여미고 있는데, 곁으로 물고기 한 마리가 다가왔다. 노란빛이 영롱하고 유난히 입이 커다란 놈이었다. 처음 보는 어종이었다.

'너는 누구야?'

하마는 녀석의 움직임을 눈으로 따라갔다. 그놈은 자루 주위를 어슬렁거리더니 하마가 묶어 둔 비닐 끈을 입으로 살살 잡아당겼다.

"장난치는 거야? 겨우 묶은 거니까 쏟아지지 않게 조심!"

사람을 무서워하지 않는 녀석이 귀여워, 하마의 얼굴에 미소가 번졌다. 그런데 그놈이 갑자기 비닐 끈을 야금야금 씹어 삼키기 시작했다. 하마는 깜짝 놀랐다.

'비닐을 먹는 물고기가 있나? 도대체…… 너 뭐야?'

눈으로 노란 물고기의 움직임을 쫓고 있는데, 강한 물살이 하마의 등을 후려쳤다. 뒤돌아보니, 녀석과 똑같이 생긴 수천 마리의 물고기가 하마를 향해 몰려오는 중이었다. 하마는 깜짝 놀라 저만치 뒷걸음쳤다. 하지만 그들이 노리는 것은 하마가 아니었다. 놈들은 하마의 자루를 향해 돌진했다.

국수 마시듯 비닐 끈을 오물대던 그 녀석처럼, 수천 마리의 물고기들은 하마의 자루를 우걱우걱 씹어 삼켰다. 금세 자루가 터지고, 그 안에서 오만 가지 쓰레기들이 도로 강바닥으로 쏟아져 나왔다. 물고기들은 더 신이 났다. 이번에는 바닥에 떨어진 쓰레기를 향해 달려들었다. 플라스틱, 캔, 비닐, 유리…… 가리지 않았다. 가공할 식성이었다. 언젠가 다큐멘터리에서 보았던 아마존의 피라냐 같았다.

놀라운 광경에 하마는 입을 다물지 못했다. 그러다가 문득 정신을 차렸다.

'이럴 때가 아냐! 도망치라고! 여기에서 저놈들의 밥이 되고 나면, 말 그대로 뼈도 못 추릴 거야!'

겁에 질린 하마가 황급히 몸을 돌렸다.

그런데 거기…… 그들이 있었다.

이루지 못한 꿈

정체불명의 방문객이 형사를 따라 간 이후에도 승리는 자주 그 집을 찾았다. 마을 사람들은 노인의 집 근처에는 얼씬도 하지 않았다. 실종자의 집을 어슬렁거리다 괜히 범인으로 오해받을까 봐 두려운 것이다. 덕분에 빈집은 승리의 아지트가 되었다. 넓은 책상을 독차지하고 마음대로 책도 읽고, 긴 벤치에서 낮잠도 잤다.

　'아고타 크리스토프. 아고타 크리스토프. 아고타 크리스토프……'

　긴 의자에 누워 승리는 주문을 외듯 똑같은 소리를 중얼거렸다. 헝가리 작가인데 이름이 너무 어려웠다. 누가 좋아하는 작가가 누구냐고 물으면 앞으로 이 이름을 말할 작정이었다. (그따위 질문을 할 사람이 주변에 단 한 명도 없다는 것이 함정) 좋아하는 작가라면서 제대로 이름도 말할 수 없다면 그건 너무 굴욕적이다. 얼굴 위에 책을 덮고 승리는 다시 읊조렸다.

'아고타 크리스토프……. 아고타…… 아…….'

어느새 승리는 깊은 잠에 빠져들었다. 오후 햇살이 장지문을 뚫고 방안을 노랗게 물들였다.

얼마나 지났을까. 승리는 화들짝 잠에서 깼다. 누가 있었다.

"깼어?"

익숙한 목소리.

'아니, 익숙한 목소리를 닮은 목소리?'

승리는 벌떡 일어섰다. 지난번 형사를 따라갔던 그 여자가 책상에서 책을 읽고 있었다. 주인 없는 집에서 늘어지게 낮잠까지 자는 승리를 보고도 여자는 별로 놀라는 기색이 아니었다.

"여기가 너희 집 안방이냐?"

이런 갈굼 역시 익숙하다. 마침내 책 속에 고개를 묻고 있던 그녀가 서서히 얼굴을 들었다. 노인이었다. 아니, 노인이었던 유 선생이었다.

"서, 서, 설마 유, 유, 유 선생님?"

"또 버벅거리기 시작이군. 고친 거 아니었어?"

틀림없는 유 선생이다. 승리는 그녀에게서 눈을 떼지 못했다. 나이를 짐작할 수는 없지만 더 이상 노인이 아니라는 것만은 확실했다. 두꺼운 안경도 없고, 레골라스처럼 빛나던 은발도 연한 갈색으로 바뀌었다. 즐겨 입던 청바지와 베이지색 니트 티만 변함없이 그대로였다. 옷은 이제야 주인을 만난 듯 그때보다 오히려 잘 어울렸다.

"어떻게 된 거예요?"

"의사 말론 내 케이스는 영원히 죽지 않는 해파리 유전자라나, 뭐 그런 거라던데? 정신적 갈망이 뇌세포의 전기적 자극을 유발해서, 변종 바이러스가 뭘 건드리고 그 결과 급격한 변이…… 어쩌고저쩌고……. 아무튼 너도 알 거 아냐."

설명하기를 포기한 채 노인은 눈빛으로 한쪽을 가리켰다. 병원에서 받아 온 보급품 상자가 방 한구석에 얌전히 놓였다.

"그럼 뭐예요? 눈이 좋아진 거예요?"

승리의 말에 그녀는 웃음을 터뜨렸다.

"너야말로 눈이 어떻게 된 거 아니야? 네 눈에 다른 건 안 보이냐? 이제 나한테 할머니라고 하면 안 돼. 원래도 물론 안 됐지만."

"와, 대박. 설마 다시 젊어진 거예요?"

"증상은 일시적이니까 걱정하지 말라고 의사가 그러더구나. 걱정은커녕 '일시적'이라고 해서 오히려 실망했는데. 그래도 이게 어디야? 시간을 벌었으니, 해결할 일을 다 해치워야지."

승리는 노인의 얼굴에서 눈을 떼지 못했다. 직접 보면서도 실감이 나지 않았다. 하긴 자신의 변화도 남들은 믿을 수 없을 것이다. 혼자 앓아누웠던 그때가 생각났다. 이러다 죽을지도 모르겠다고 생각했던 순간 귀청을 때리던 아빠의 고함. 머리가 지끈거리도록 빌고 또 빌었던 소원.

'아아아, 그냥 사라지고 싶다!'

죽을 만큼 아프고, 외롭고, 간절했던 그날의 기억이 떠오르자, 승리는 새삼 궁금해졌다. 노인에게는 대체 무슨 일이 있었던 걸까.

낯선 병실에서 삶을 마감할지도 모른다는 생각에 은영은 절망했다. 끝이 가까워질수록 자꾸 예전 일들만 떠올랐다. 그때 다른 선택을 했다면, 은영의 삶은 지금과 달랐을까? 그때로 돌아갈 수만 있다면, 아아…… 돌아갈 수 있다면.

잘못을 바로잡을 기회는 있었다. 충동적으로 원고를 보냈지만, 곧바로 후회했다. 담당자가 수상자로 뽑혔다고 연락을 해 왔을 때는 큰 사고를 친 듯 가슴이 덜컥 내려앉았다. 공개되기 전에 아무

래도 수상을 사양하는 편이 낫겠다고 거의 결심을 굳혔더랬다. 그
런데 편집자의 마지막 말에 머릿속이 하얗게 변해 버린 것이다.

"시상식은 이번 달 말이에요. 장소는 추후에 알려 드릴게요. 시
상은 차정희 선생님께서 해 주실 거예요."

'차정희 작가라고? 진짜 그분이 오신다고?'

은영은 자기 귀를 의심했다. 믿을 수 없는 일이었다. 차정희 작
가는 은영의 우상이었다. 소설을 좋아하게 된 것도 그녀 때문이었
다. 그녀의 글을 읽다 보면 매번 모든 문장에 밑줄을 긋고 싶은 충
동에 휩싸였다. 차정희 작가가 쓴 것이라면 잡지에 기고한 조각
글까지 찾아 읽을 만큼 은영의 짝사랑은 유서 깊었다.

은영은 전율했다.

'작가가 된다는 것은 이런 의미인가? 이렇게 아무렇지 않게 차
정희 선생과 함께할 일들이 생겨나는 것. 팬으로 머물 때는 꿈조
차 꿀 수 없던 기적.'

사회자의 호명과 함께 단상에 오른 은영의 눈앞에 활자로만 만
났던 차정희가 미소 짓고 있었다. 상장과 상패를 건네며 선생은
은영에게 나지막하게 당부했다.

"지치지 말고 꾸준하게, 진실을 써 내려가는 작가가 되시기를
바랄게요. 응원하겠습니다."

모든 장면이 은영의 가슴에 박혔다. 젊은 작가를 바라보는 노작가의 따뜻한 시선, 은영과 악수하려고 내민 손, 어깨를 두드려 주던 격려의 온기까지. 그날의 기억은 은영의 머릿속에서 며칠 동안 수백 번 자동 재생되었다. 우상이 자신에게 명했다. 진실을 씨내려가는 '작가'가 되라고. 그 위대한 순간은 단단한 액자에 담겨 은영의 마음에 쾅쾅 고정되었다.

  하지만 거기까지였다. 차정희 선생과 함께하는 기적은 다시 찾아오지 않았다. 볼일을 마친 노작가는 얼마 후 고향인 남도 끝 마을로 되돌아갔다. 몇 가지 귀찮은 일들만 벌어졌다. 계간지에 발표된 수상작을 보고 글의 진짜 주인이 은영을 찾아온 것이다.
  제자는 몹시 당황한 얼굴이었다. 어떻게 말을 시작해야 할지 갈피를 잡지 못했다. 은영은 짜증스러운 얼굴로 제자의 말을 기다렸다. 자신이 덧칠한 그 글은 이미 제자의 것이 아니라는 생각이었다. 몸도 피곤하고 마음도 어수선해서, 무슨 일이든 그저 빨리 끝내고 싶었다. 차정희 선생이 개인적인 자리에서 은영의 작품을 칭찬했다는 소문이 번지는 바람에 은영은 순식간에 문단의 신데렐라로 등극했다. 밥 한번 먹자는 선배 소설가들과 일주일 내내 약속이 잡혀 있었다. 갑작스러운 유명세를 치르느라 가뜩이나 탈진

할 판국인데, 반갑지 않은 불청객이 은영의 시간을 잡아먹고 있었다.

뭔가 착오가 생겼다는 해명이나, 적어도 사과의 말 정도는 기대했던 제자는 은영의 표정을 보고 절망했다. 은영은 자신을 모르는 사람처럼 대했다. 오히려 황당하다는 듯 또박또박한 말투로 이야기했다.

"유명해지면 이런 어이없는 일을 많이 겪을 거라고 선배 작가들이 일러 주던데, 진짜였네. 세상의 소설이라는 것이 작정하고 뜯어 보면 모두 조금씩은 비슷해요. 사람의 인생을 담은 것이 소설인데, 이제 하늘 아래 새로운 이야기가 어디 있겠어요. 정 소설이 쓰고 싶으면 이렇게 질 나쁜 일에 상상력 발휘하지 말고, 이럴 시간에 뭐라도 한 줄 써 봐요. 참, 앞으로 내 수업은 신청하지 말고. 학생은 좋은 학점 주기는 어려울 것 같아."

SNS도, 포털도 없던 시절이었다. 억울했지만 아무 방법도 떠오르지 않았다. 며칠 속앓이하고 나서, 결국 제자는 쿨하게 마음을 접었다.

'어차피 소설가 따위, 되고 싶지도 않았다고!'

이럴 때 어울리는 좋은 말도 생각났다.

'실컷 먹고 떨어져라!'

제자는 곧 은영을 잊었지만, 은영은 제자를 잊지 못했다. 글을 쓰려고 모니터 앞에 앉으면 두 사람이 의자를 당겨 은영의 양쪽에 자리를 잡았다. 진실을 쓰는 작가가 되려던 차정희 선생과 훔친 글의 진짜 주인. 은영이 지핀을 누를 때마다 네 개의 눈동자가 화면 속의 커서를 따라다녔다. 은영이 해야 할 일은 한 가지밖에 없었다. 보란 듯이 더 좋은 작품을 쓰는 것.

'이것 봐. 어차피 그 자리는 내 것이었어. 어설픈 등단작을 뛰어넘는 내 진짜 글을 보라고.'

차정희 선생을 속인 것 같은 죄책감도 더 좋은 작품만 완성되면 저절로 해소될 거라고 믿었다. 하지만 쉽지 않았다. 다짐하고, 결심하고, 노력했지만 아무것도 떠오르지 않았다. 다시 다짐하고, 결심하고, 또 노오오력을 해보았지만 은영은 단 한 편의 작품도 쓰지 못했다. 한 가지 생각에 꽂혀 있는 동안, 다른 것들은 엉망이 되었다. 강의 평가에서 최악의 점수를 받고, 결국 은영은 학교에서 해고되었다.

은영은 속이 후련했다. 이제 아무것도 신경 쓰지 않고 글만 쓰면 되는 것 아닌가. 진짜 전업 작가가 된 것 같아 은근히 설레기까지 했다. 출퇴근을 하지 않으니 집 밖에 나갈 일도 없었다. 깨어 있는 모든 시간은 오로지 읽거나 쓰는 일에만 소비되었다. 일주일 내내 한마디도 하지 않는 날이 늘었다. 낮과 밤을 구별하는 것도 의미 없었다. 기막힌 발상이 떠오르면 아무 때나 일어나 컴퓨터 앞에 앉았다. 태양이 은영을 배려하며 뜨고 지지 않기에, 창문에는 두꺼운 암막 커튼도 달았다.

몇 해가 지나는 동안, 몇 번쯤은 꽤 괜찮은 글을 쓴 적도 있었다. 하지만 누군가에 보여 주지는 못했다. 마지막 문장의 마침표를 찍고 나면 고질적인 불안증이 도졌기 때문이다.

'벌써 다른 사람이 써 버린 게 아닐까?'

불길한 의혹은 잭의 콩나무처럼 무럭무럭 자라나 캄캄한 방을 가득 채웠다. 은영의 마음에 의심의 씨앗이 싹을 틔우면 그다음부터는 걷잡을 수 없는 일이 벌어졌다. 은영은 온 집안을 발칵 뒤집어엎었다. 책장에 꽂힌 책을 일일이 펼쳐서 뭔가를 찾고 또 찾았다. 몇 시간이든, 며칠이든 상관없었다. 마침내 어느 책 한 귀퉁이에서 방금 자신이 쓴 글과 미세하게 비슷한 글귀를 발견하면 그제야 발작이 잦아들었다.

'거봐, 이럴 줄 알았어. 하마터면 또!'

안도의 숨을 내쉬며, 은영은 완성된 작품 파일을 삭제하고, 내쳐 휴지통까지 비워 버렸다.

어느 봄날, 무심코 텔레비전 리모컨을 눌렀다가 은영은 그 자리에서 얼어붙고 말았다.

"끝내 이루지 못한 노벨상의 꿈."

차정희 작가의 부음이었다. 잠자리에서 꿈을 꾸듯 그대로 영면했다고 한다. 단아했던 성품처럼 고요히 세상과 이별했다는 뉴스 앵커의 가라앉은 목소리 뒤로, 빈소를 지키는 작가들의 모습이 화면에 비쳤다.

은영은 날벼락을 맞은 듯 넋을 잃었다. 생전에 이루지 못한 노벨문학상의 꿈이라니. 꿈을 이루지 못한 사람은 고인이 아니다. 은영의 절망도 헤아릴 수 없을 만큼 깊었다.

'조금 있으면 진짜를 들고 찾아가려 했는데. 왜 벌써!'

기다려 주지 않은 선생이 원망스러웠다. 죽을힘을 다해 달리고 있는데, 갑자기 결승선이 사라진 느낌.

텅 빈 방 안에 누워 은영은 며칠 동안 천장만 바라보았다.

'그 아이와 인연이 닿지 않았다면 지금쯤 다른 삶을 살고 있었을까?'

분한 표정으로 "쾅" 소리 나게 문을 닫고 사라져 버린 제자의 마지막 모습이 떠올랐다.

'아직 화가 풀리지 않았겠지?'

은영은 벌떡 일어나 검색을 시작했다. 이제는 몇 번의 클릭으로 다른 이의 일상을 엿볼 수 있는 세상이 되었다. 제자는 지금 교육 출판사에서 국어 문제집을 만드는 일을 하고 있었다. 임용 고시는 결국 실패한 모양이었다. 목표했던 것은 이루지 못했지만, 그녀의 일상은 더할 나위 없이 평온해 보였다. 사진마다 인상 좋은 남편과 엄마를 쏙 닮은 딸아이가 함께 있다.

　#꽃보다남편 #꽃보다아내 #꽃보다베이비

　봄꽃 축제에서 찍은 사진 밑에는 꽃향기보다 달콤한 해시태그가 만발했다. 절망으로 삶이 망가졌을지도 모른다고 생각한 것은 완벽한 착각이었다. 절망한 것은 은영뿐이었다. 은영은 문득 주변을 두리번거렸다. 사방을 둘러봐도 말 붙일 사람 하나 없는 적막한 방안에는 먼지 나는 책들만 천장까지 쌓여 있다. 뭔가 단단히 잘못되었다. 갑자기 명치 한가운데 무거운 것이 쿵 내려앉았다.

　그날 이후 은영은 수면제 없인 잠을 이룰 수 없었다. 겨우 잠들어도 매번 무서운 꿈에 시달렸다. 보물인 줄 알고 꽉 움켜쥐었는데 손가락을 펴 보니 알맹이 없는 밤송이 껍질만 남은 꿈. 가시에 찔려 고통이 밀려오고 손바닥에는 선혈이 낭자해도, 꿈속의 은영은 손에 쥔 것을 버리지 못한 채 울고만 있었다.

　모아 둔 수면제를 한꺼번에 털어 넣고 은영은 정신을 잃었다.

하지만 기대한 일은 벌어지지 않았다. 한참을 울다가 잠에서 깨니, 베개가 눈물로 흠뻑 젖어 있었다. 은영은 무작정 집을 나왔다. 발길 닿는 대로 거리를 헤매다가, 터미널에서 한 번도 가 본 적 없는 곳으로 향하는 시외버스를 집어탔다. 그렇게 은영은 이 마을에 도착했다. 마을을 휘감고 도는 강물을 다리 위에서 한참 동안 내려다보다가, 상패를 가슴에 안고 뛰어들었다. 정신을 차리고 나니 응급실. 한때 은영의 삶을 온통 반짝이게 했던 그것은 강 속 어딘가에 깊이 가라앉았다.

은영은 그렇게 이곳에 정착했다. 서울 아파트를 처분하니 여기선 그보다 세 배는 넓은 집을 구하고도 돈이 남았다.

'그래, 다시 시작하는 거야. 작가들은 일부러 먼 곳으로 창작 여행도 떠난다는데! 선생도 말년은 머나먼 남도에서 은신하셨는데, 한 번 더 해 보는 거야.'

은영이 몰랐던 것이 있다. 이제 그녀는 예전만큼 젊지 않았다. 눈부시게 찬란하던 청춘은 암막 커튼 속에서 흘러가 버렸다. 그 사실을 깨닫기까지 또 한참 시간이 흘렀다. 창과 문이 많은 그 집에는 더 이상 숨을 곳이 없었다. 물끄러미 마당에 앉아 있으면 앉아 있는 자신의 모습을 또 다른 내가 바라보곤 했다. 시간이 없다는 사실에 마음이 조급해질 때도 있지만, 분노와 불안도 예전만큼 맹렬하지 않았다. 무엇보다 눈이 점점 보이지 않았다. 은영은 제 분신처럼 끌어모았던 책들을 정돈하기로 마음먹었다. 이 정도 애를 썼는데도 안 됐다면, 그건 결국 안 되는 일이었던 것이다.

"글쓰기가 뭐라고 그렇게까지 해요."

"그러게 말이다."

"저주 노트 대신 다른 걸 써 보라고 하셨잖아요. 글쓰기는 저주 노트랑 비슷한 거예요?"

"나한테 글쓰기는 저주 노트가 아니라, 그냥 저주 그 자체였어. 결국 내 인생의 저주는 안고수비(眼高手卑) 때문이야."

"안고수가 누군데요?"

무식한 놈. 노인은 웃으며 말했다.

"보는 눈은 높은데, 쓰는 손은 한없이 비루한 것. 그게 나에게 내려진 저주였지. 처음부터 나에게 없는 능력이었는데, 너무 욕심을 부린 거야."

"근데 반짝이는 것은 왜 그렇게 찾은 거예요?"

"주인에게 돌려주고 싶어서. 많이 늦었지만, 하마 덕분에 이제 아 제자리로 되돌릴 수 있게 되었어. 형사가 찾아 준 금메달과 함

께 주인에게 택배로 보냈지. 사죄의 편지가 내 마지막 글쓰기가
될 줄이야……. 제 모습으로 돌아오면, 경찰서에 가서 제대로 벌
받을 거야. 이 꼬락서니로는 뭐든 말해도 믿지 않을 테니까."

경찰서라는 말에 깜짝 놀랐지만, 유 선생의 얼굴이 너무 평온해
서 그 얘기는 더 이상 캐물을 수 없었다.

"그동안은 어디에 있었어요? 조용한 동네를 발칵 뒤집어 놓고.
형사가 사람들을 얼마나 못살게 굴었는지 알아요?"

"그럴 줄은 꿈에도 몰랐다. 서울에서는 누가 없어져도 아무도
관심이 없거든. 그분의 추모관에 다녀왔어. 이제 눈이 보이지 않
을 거라고 생각하니 한 번 더 그곳에 가고 싶어지더군. 나한테는
그분이 블랙핑크고 BTS였어."

"왜 그렇게 오래 걸렸어요?"

"선생이 계시던 남쪽 마을에서 며칠만 머물다 돌아올 작정이
었어. 한데 이상하게 점점 눈도 잘 보이고, 몸도 좋아지더라고. 신
나게 돌아다녔지. 그렇게 몸이 가볍기가 정말 오랜만이야. 차정
희 문학 마을도 가고, 선생이 자주 가시던 찻집에서 차도 마시
고……. 그러다가 아예 그곳 도서관에서 한 달도 넘게 머물렀어.
선생님 작품을 처음부터 하나씩 모조리 다시 읽었지. 슬슬 돌아가
려고 했는데…… 보다시피 몸이……. 생각할 시간이 필요했어."

"그럼 이제 어떻게 되는 거예요?"

"질투에 눈이 멀었다는 말이 있지. 좋은 글을 보면 부러워서 딱 죽고 싶은 마음이었거든. 그래서 눈이 멀었었나 봐. 이제는 멀었던 눈도 잘 보이니 너한테 아쉬운 소리 할 필요도 없고 아주 좋다. 여기는 책 읽기를 좋아하는 사람이라면 누구라도 와서 읽을 수 있도록 꾸며 볼 작정이야. 고향에 처박아 두었던 책들도 다 가져왔어. 너도 자주 올 거지?"

도서관

한가한 마을에 공사하는 소리가 요란했다. 을씨년스럽던 집에 종일 일꾼이 드나들었다. 대문을 열자마자 시야를 가로막았던 허름한 집을 허물고 은밀하게 숨어 있던 서재를 도서관으로 개조하는 중이다. 녹슨 철 대문도 뜯어내고, 잔디밭 한쪽에는 소박한 살림집도 새로 지었다. 나른한 동네에 활기가 돌자 형사는 어쩐지 신이 나서 짬 날 때마다 현장을 어슬렁거렸다.

공사를 지휘하는 것은 유 선생이었다. 음료수 쟁반을 들고 마당을 가로지르는 그녀의 얼굴을 형사는 유심히 바라보았다. 노인의 조카라고 하더니 다시 봐도 닮았다. 집주인이 외국에 다니러 간 사이, 대신 공사를 맡아 주기로 했다는 것이다.

경찰서에서 그녀는 노인의 신분증과 인감도장, 그리고 모든 것을 그녀에게 맡긴다는 위임장을 내밀었다. 침입자로 의심했던 사람에게서 뜻밖의 얘기를 듣고 형사는 당황했다. 뭔가 석연치 않다는 촉이 발동했지만, 이번에는 직감을 무시했다. 노인과 똑 닮은 그녀의 얼굴이 곧 신분증이었다.

유전자의 힘이란! 형사는 신기해서 자꾸 여자를 흘깃거렸다. 궁금한 것이 있으면 언제든 찾아오라고, 여자는 차분한 목소리로 말했다.

'도주의 우려가 없는데 걱정할 일이 뭐람.'

형사는 사건을 종결했다.

절도범에게 괜히 납치범의 누명까지 씌웠던 것이 조금 민망했지만, 그것 말고는 전체적으로 만족스러운 결과였다.

서재는 조금씩 도서관으로 탈바꿈했다. 한쪽에서는 빠릿빠릿한 여학생 하나가 작업 중이었다. 컴퓨터에 소장 도서 검색 프로그램을 깔고 책꽂이의 책들을 중분류, 소분류로 세분하기 시작했다. 독서 동아리에서 다른 학생들까지 데려와 갑자기 일손이 몇 배나 늘었다. 도서 라벨지를 만들고, 일하는 중간 중간 실내 공간에 어울리는 게시물을 출력해 붙이는 등 여간 손이 빠른 것이 아니었다. 세희였다.

DB가 잡혀가고 난 뒤, 아이들은 달라진 세희의 모습에 쑥덕거렸다. 들어오는 선생님마다 세희가 제출한 보고서를 칭찬했다. 영어 시간에는 심지어 유창한 영어로 PPT 발표를 해서 구경하던 아이들을 충격에 빠뜨렸다. 그전까지는 세희의 오른쪽 다리만 쳐다보느라 몰랐던 모습이었다. 세희가 이 학교에서 'SKY' 진학을 노려볼 수 있는 몇 안 되는 최상위권이라는 사실도 얼마 전에 알게 된 사실이다. 언론 미디어 분야를 전공하고 싶어 하는 세희는 최근 지역 신문사에서 주최하는 소논문 경진 대회에서 상까지 받았다. '소셜 미디어와 온라인 상거래의 명암'에 관한 내용이었다. 지금은 은영의 도서관에서 봉사 활동 중이다.

빈 공간에 의자와 책상까지 들어서니, 이제는 제법 도서관의 풍모가 느껴졌다. 마지막으로 은영은 작은 상에 떡과 과일을 올리고 대문 앞에서 현판식을 거행했다.

〈눈 맑은 사람들의 작은 도서관〉.

"너희 아니었으면 엄두도 낼 수 없었을 거야. 승리, 고맙다."

유 선생의 목소리가 떨렸다. 감격스러운 눈빛으로 승리를 바라보던 은영이 갑자기 주변을 둘러보며 말했다.

"그런데 이런 날 하마는 어디 간 거야?"

그들이 사는 세상

뒤돌아보니 거기 누군가, 아니 그들이 있었다. 남자 셋이 노란 물고기 떼를 지켜보고 있었다. 물속에서 다른 사람을 만날 거라고는 상상도 하지 못했다.

'어떻게 이런 일이 가능한 거지?'

그들은 하마를 보고도 별로 놀라는 기색이 아니었다. 길가는 행인을 마주친 것처럼 아주 자연스럽게 하마를 무시했다.

"휘익!"

한 사람이 짧은 휘파람을 불자, 물고기들이 일제히 방향을 돌려 그들을 따라가기 시작했다. 등장도 퇴장도 순식간이었다.

물고기가 머물렀던 자리에는 비닐 조각 하나 남지 않았다. 종일 주워 모은 쓰레기가 사라지는 데 고작 몇 분도 걸리지 않았다. 넋을 잃고 서 있던 하마는 황급히 그들을 뒤쫓기 시작했다.

얼마나 지났을까. 앞서가던 그들이 수초가 무성한 곳에서 멈췄다. 뒤따르던 물고기 떼가 물풀 사이로 흩어졌다. 거기가 물고기들의 안식처인 것 같았다. 그제야 그들은 하마에게 고개를 돌렸다.

"굳이 말을 하자면……."

한참 뜸을 들이던 남자가 마침내 하마에게 얘기했다.

"우리는 환경미화원 비슷한 거야."

듣고도 믿을 수 없는 얘기였다. 그들은 여기저기에 노란 물고기 떼를 몰고 다니면서 물속 쓰레기를 치우는 중이라고 했다. 노란 물고기들은 워낙에 먹성이 좋아서, 눈에 보이지 않는 미세 플라스틱도 모조리 들이마신다는 것이다.

그들이 지나간 강은 물이 맑아지고, 은어처럼 깨끗한 곳에 사는 물고기들이 돌아왔다. 하마의 강에 은어가 온 것도 얼마 전 그들이 그 근처에 머물렀기 때문이었다. 아무도 없는 강에서 하마가 홀로 쓰레기와 싸우는 동안, 그들은 이렇게 조직적으로 움직이고 있었던 것이다.

"모두 여기에 사는 거예요?"

호기심을 억누르며 하마가 조심스레 말을 꺼냈다.

"바깥세상에는 미련이 없어."

머리숱이 듬성듬성한 아저씨가 먼 곳을 보며 말했다.

"버리고 떠나온 곳이거든. 세상과 이별하고 싶었는데, 또 다른 세상이 있다는 걸 누가 알았겠어."

그들은 물속 세상이 맺어 준 인연이라고 했다. '투신율 1위'의 오명을 떨치던 어느 한강 다리 아래에서 그들은 만났다. 아저씨는 직장 상사의 횡령을 뒤집어쓴 신용불량자였고, 또 다른 한 명은 지긋지긋한 민원에 시달리던 공무원이었다. 제일 어려 보이는 남자아이는 강남에서 그 다리까지 걸어 왔다고 했다. 일주일에 학원 11개를 다니는데, 지난 시험보다 등수가 더 떨어지자 엄마가 '나가 죽으라'고 소리를 질렀단다. 그날로 소년은 이곳으로 왔다. 소년이 쿨하게 덧붙였다.

"엄마 말씀을 잘 듣는 편이라서."

물속에서 눈을 떴을 때, 그들을 맞이한 것은 노란 물고기를 몰고 다니는 사람들이었다. 그들보다 먼저 이곳에 온 누군가였다. 몇 명씩 한 조를 이루고, 그들은 양 떼를 모는 목동처럼 노란 물고기와 함께 물속 세상을 활보하는 중이었다.

"그런데 어떻게 물고기가 쓰레기를 먹어요? 이상하지 않아요?"

"그러는 너는? 너는 안 이상해?"

환경 공무원이었다던 그가 피식 웃었다.

"변이가 사람한테만 일어나라는 법은 없잖아. 어머니 지구가 다 생각이 있었던 거지."

"저도 같이 가면 안 돼요?"

돌아서는 그들에게 하마가 다급하게 물었다.

"그럴 수 있겠어? 너는 우리랑 처지가 다르잖아. 기다리는 가족도 있고, 돌아가야 할 집도 있을 텐데? 먼 곳까지 여행할 때는 제법 오래 걸린다고. 그래도 가고 싶다면 매주 수요일, 그 다리 아래로 오면 돼. 거기가 공항으로 치면 출국장 같은 거야."

하마는 엄마에게 짧은 편지를 남겼다. 긴 여행을 떠난다는 아들의 편지에 엄마는 깜짝 놀랐다. 그러나 잠깐 생각하는 듯하더니, 금세 명랑해졌다.

'그래, 돈 벌 나이도 됐지. 혼자 뒷바라지를 하는 것도 이제 힘에 부치고.'

떠났던 아들이 목돈을 들고 나타나는 상상을 하니, 엄마는 점점 기분이 좋아졌다.

'그럼, 누구라도 벌어야지.'

귀가

유 선생이 선물한 노트는 이제 빈 종이가 몇 장 남지 않았다. 승리에게 그 노트는 비밀 서랍과 같았다. 장식장도 찬장도 그릇장도 아닌, 그냥 좋아하는 온갖 물건들을 모아 두는 작은 서랍. 승리는 노트에 아무거나 썼다. 일기를 끄적일 때도 있고, 책에서 마음에 드는 글귀를 만나면 그걸 베끼기도 했다. 수업이 지루하면 몰래 펴 놓고 낙서도 하고, 열 받은 날에는 여전히 빨간 펜을 들고 누군가의 이름도 적었다.

요즘은 사람들에 대해 쓴다. 유 선생이 일러 준 것처럼, 주변 사람들의 이야기를 이것저것 적어 보았다. 주로 슬프고 화나는 일들이 많지만, 곳심을 내뿜으며 빨간 펜으로 이름을 적는 것보다는 마음을 가라앉히는 데 더 효과적이었다.

학교가 끝나면 발걸음이 저절로 도서관으로 향했다. 거기가 집보다 편했다. 승리가 도착할 즈음이면, 늘 동네 사람 몇 명이 책을 읽고 있었디. 승리는 좋아하는 구석 자리에 앉아 책도 읽고, 노트에 무언가를 끄적이기도 했다. 노트에 이야깃거리가 쌓이면 노트북을 켜고 텍스트 파일을 만들었다. 도서관 문을 열던 날, 유 선생이 선물로 준 것이다.

"어떻게 해야 글을 잘 쓸 수 있어요?"

승리가 은영에게 물었다. 머릿속에 뭔가 떠오르는데, 그걸 글로 옮기는 것이 늘 어려웠다. 학교에서 문학을 가르쳤다고 하니, 유 선생은 뭔가 방법을 알 것 같았다.

"좋은 글을 많이 읽고, 자주 써 봐. 그 이상은 나도 모르지."

"와! 치사해요. 막 써 보라고 그러고, 막 노트도 주고, 막 노트북도 주고, 그래 놓고 이제 와서 발뺌이시네."

"알면 내가 쓰게?"

"쓰는 법은 몰라도, 제가 쓴 걸 한 번 봐 줄 수는 있죠."

"그건 자신 있지. 얘기하지 않았나? 내 특기는 좋은 글을 알아보는 눈이라고."

승리는 심심할 때마다 사람들의 이야기를 글로 적기 시작했다. 알고 지냈던 주변 사람들의 스토리가 승리의 폴더 속에 하나둘 쌓였다. 어쩐지 승리는 말보다 글이 더 쉬웠다. 글은 더듬을 일도 없고, 숨 막힐 듯 승리를 다그치지도 않는다. 글도 말처럼 첫 문장이 제일 어려웠지만, 일단 본궤도에 오르고 나면 병목이 뚫린 고속도로처럼 하고 싶었던 말들이 꾸역꾸역 쏟아져 나왔다.

유 선생은 승리의 첫 번째 독자였다.

　　📁 불독.hwp

　　📁 개새.hwp

　　📁 작업반장.hwp

　　📁 뽄땁.hwp

주인공의 이름을 딴 파일 하나가 완성되면, 유 선생은 기대감에 들뜬 표정으로 마우스를 눌렀다. 글자를 따라가는 유 선생의 눈동자에 관심과 애정이 가득하다. 페이지가 넘어가면서 유 선생의 리액션도 절정으로 치달았다. 키득키득 웃기도 하고, 현란한 감탄사도 남발하며, 가끔은 성질 더러운 악플러처럼 욕까지 퍼부었다.

'이 자식! 아주 못돼 처먹었구먼!!'

몰래 티슈로 눈물을 찍어 낼 때는 승리도 짐짓 모르는 척했다. 그건 아마 엄마에 관한 글일 것이다. 반응은 조금씩 달랐지만, 마무리는 매번 같았다.

'좋은 글이야.'

그 말을 들으면 명치 끝이 간질간질해지면서 몸이 붕 떠오르는 것 같았다. 자신의 이야기에 이렇게 열심히 귀를 기울여 준 어른은 태어나서 한 번도 만난 적이 없었다. 글로 칭찬을 받는 일이 이렇게 황홀한 일인 줄도 처음 알았다.

청소기를 돌리고, 쓰레기봉투를 내다 버리고, 싱크대에 쌓인 라면 냄비를 씻고 있는데, 대문에서 달그락거리는 소리가 들렸다. 텔레비전이 웅웅대는 것을 보니, 아빠는 지금 안방에 있다.

'이 시간에 누구지?'

승리는 수건에 손을 닦으며 마루로 나섰다.

현관문이 열리고 엄마가 들어왔다.

"진짜 엄마야?"

실감이 나지 않았다. 엄마는 먼지와 땀으로 범벅이 된 얼굴로 승리를 향해 두 팔을 활짝 벌렸다.

엄마는 금방 돌아오겠다고 얘기했지만, 격투기 채널을 켜 놓고 저녁마다 소리를 버럭버럭 지르는 아빠를 보면서 어쩌면 엄마가 영영 오지 않을 수도 있겠다는 생각이 들었었다. 그때마다 승리는 결심했었다. 엄마가 돌아오지 않아도 이해하기로. 승리가 엄마를 그리워하듯, 엄마도 엄마의 엄마가 그리울 것 같았다. 책을 읽다 보니 어느새 타인의 마음을 엿볼 수 있는 눈이 생겼다.

하지만 커다란 캐리어를 마루에 내려놓으며 엄마는 후련한 목소리로 말했다.

"아휴! 역시 내 집이 최고야."

엄마 목소리에 아빠가 안방에서 용수철처럼 튀어나왔다. 아빠도 승리만큼 엄마를 기다리고 있었던 모양이었다. 엄마 얼굴을 보자마자 아빠는 자동으로 소리를 지르려 시동을 걸었다. 목에 핏대를 세우며 들숨을 크게 들이켰다. 그런데 순간적으로 아빠는 승리의 눈치를 흘끗 살피더니, 그만 입을 다물고 말았다. 어느새 승리는 아빠보다 훨씬 키가 컸다.

괜히 헛기침만 몇 번 하던 아빠가 어색한 목소리로 덧붙였다.

"장모님은 괜찮으시고?"

엄마의 눈이 커다래졌다. 엄마는 환하게 웃으며 대답했다.

"이제 다 나았어요. 어제도 밭에 일하러 나갔어요."

이제 교실에 승리보다 큰 아이는 없었다. 몇 달 새 승리는 키가 15센티미터나 키가 자랐다. 괜히 시비를 걸던 놈들도 언젠가부터 잠잠해졌다. 교실에서 DB가 사라졌기 때문이기도 하지만 볼 때마다 이려운 책을 읽고, 저보다 키가 한 뼘이나 더 큰 승리가 어쩐지 달라 보였기 때문이다. 앞자리 녀석들은 승리의 큰 키를 두고 종종 농담을 던졌다.

"야! 정승리! 2층 공기는 어떠냐?"

'2층 공기가 어떠냐고?'

승리는 고개를 들어 먼 하늘을 바라보았다. 구름이 흘러가고, 햇살이 부서진다. 예전에는 주로 발끝을 보고 걸었다. 마음이 무거우면 저도 모르게 고개가 땅으로 떨어진다. 이제 승리는 척추에 힘을 주고 하늘을 본다. 넓어진 가슴에 시원한 숨결이 차오른다. 저절로 마음이 웅장해진다.

2층 공기는 오늘도 쾌청하다.

나의 가장 나종 지니인 것

이른 주말 아침. 유 선생도 볼일을 보러 나가고, 도서관에는 오직 승리뿐이다. 중학생 서너 명이 소곤거리며 문을 열었다. 다들 처음은 아닌 듯, 익숙하게 책을 골라서 적당한 자리로 찢어졌다. 등굣길에 종종 마주치던 아주머니도 등장했다. 새벽 기도를 다녀오는지 볼 때마다 겨드랑이에 성경책을 끼고 있었다. 그녀는 유 선생을 찾는 듯 잠깐 두리번거리다가, 집에서 싸 온 김치 통을 선생의 책상에 살며시 내려놓는다. 투블럭으로 머리를 치고, 앞머리 몇 가닥을 노랗게 물들인 한 남학생은 두 시간이 넘도록 자리에서 일어나지 않는다.

　'다들 지금 무엇을 읽고 있을까?'

승리는 언젠가부터 다른 사람이 궁금했다. 예전에는 없던 일이다. 〈사람이 온다는 것은 어마어마한 일〉이라는 시를 읽고, 어마어마한 감동을 먹어서일까? 아니면 이것도 혹시 코로나의 후유증?

승리만 보면 비아냥거리는 불독도, 보기만 해도 숨고 싶었던 아빠조차 이제 승리는 가끔 그 속이 궁금했다. 깨끗이 치우고 살면 원래대로 돌아온다는 의사의 말은 사실이었다. 승리는 이제 누구를 만나도 사라지지 않는다.

승리의 폴더에 완성된 파일이 쌓여 갔다. 승리는 그 이름을 하나하나 불러 보았다. 더 이상 떠오르는 얼굴도 없었다. 그다음에 무엇을 해야 할지 유 선생은 일러 주지 않았다.

얼마 전에 읽었던 책이 생각난다.《나의 가장 나종 지니인 것》. 이 책을 읽으며 유 선생은 내내 손수건으로 눈물을 찍어 냈다. 선생이 다 읽기를 기다렸다가, 승리도 슬쩍 바코드를 찍고 빌려 온 책.

책을 읽으면 한 번도 해 본 적 없는 생각을 하게 된다.

'나에게 가장 마지막에 남는 것은 무엇일까. 여기저기 다쳐도 마지막까지 지켜 내야 하는 그 무엇.'

엄마의 말이 생각났다.

'마음만 괜찮으면 다 괜찮아.'

엄마가 얘기한 정신적 영토가 그것일까.

이제 주위 사람들에 관한 이야기는 거의 다 끝났다. 남은 것은 한 명, 오직 승리뿐이다.

깜빡이는 커서를 바라보며 골똘히 생각에 빠져 있던 승리는 파일을 하나씩 열어 보았다. DB에 대한 기억이 파노라마로 지나간다. 개새에 대한 글인데, 가만 보니 진짜 주인공은 승리였다. 불독도, 하마도, 엄마도, 형사도 마찬가지. 그들은 그저 등장인물일 뿐 그들을 지켜보는 유일한 시선은 저 자신의 것뿐이었다.

승리는 파일의 내용을 한데 모았다. 시간 순서에 따라, 혹은 일어난 사건에 따라 마음이 이끄는 대로 단락을 이리저리 오려 붙였다. 모자이크로 조립한 기억의 조각들이 '빈 문서.hwp'에 담겨 있다. 승리의 삶은 이 기억의 총합일 것이다. 언젠가 자신의 이야기를 담은 책 한 권을 쓸 수 있다면, 아프고 서러웠던 그 기억들도 책 속에서 보석처럼 반짝일지도 모른다. 자신이 읽었던 수많은 명작들처럼.

그런 날이 온다면, 그 책에 가장 어울리는 제목은 무엇일까. 황홀한 상상에 취했던 승리가 마침내 결심한 듯 고개를 끄덕였다.

마우스 오른쪽 버튼을 눌러 '이름 바꾸기'를 실행한다.

승리의 폴더에 최후로 남은 단 하나의 파일.

📁 정신적 승리.hwp

소설을 쓰고 싶었던 젊은 나에게는 구차한 버릇이 있었다.

답답하고 속상한 일이 생길 때마다 생각하는 것이다.

'아싸! 득템! 이거 나중에 꼭 소설에 써먹어야지.'

타격이 큰 일을 만나면 거기서 좀 더 나간다.

'액땜한 거야. 크게 당할 걸 작게 막았지. 아니, 이건 분명 좋은 일이 생기려는 징조일지도 몰라. 새옹지마(塞翁之馬)란 말이 괜히 있겠어?'

생각해 보니, 나는 원래부터 현란한 정신 승리의 장인이던 것이다.

사실 우리는 매일 정신적 승리를 하며 살아간다.

잘나가는 친구 때문에 배가 아플 때, 중요한 시험에서 어이없는 실수를 했을 때, 생각을 거듭할수록 불길한 결론만 선명해지는 날.

겨우 참고는 있지만 누가 건드리기만 하면 금방 눈물이 쏟아질 것만 같은 그런 날.

"오히려 좋아."

구차하고 비루하지만(속으론 그 비굴함에 한 번 더 좌절하지만), 그건 나의 가장 중요한 것을 지키기 위한 수단이자, 최선의 방책이다.

대(大)를 위해 소(小)를 희생하는 큰 그림이다. (앗! 이것 역시!)

사태의 본질을 직시하고 문제의 원인을 발본색원(拔本塞源)하는 것은 사회와 제도와 국가와 냉철한 또 다른 내가 해결해야 하는 일이겠지만, 이럴 때마다 또 하나의 나는 결연한 자세로 내 마음의 영토를 수호한다. 바깥의 시련이 안으로 안으로 침범해서 내면의 땅이 쑥대밭이 되지 않도록.

그래서 상상해 보았다.

절망이라 믿었던 그것이 끝내 희망이 되는 이야기.

가난하고 소외된 사람에게 더 가혹한 질병.

아무런 위해를 가하지 않는데도 이유 없이 쏟아지는 타인의 멸시.

여기가 마지막이라고 주저앉은 사람들의 좌절.

그 슬픔이 끝이 아니라 '오히려' 탈출구를 가리키는 초록빛 표지가 되는 이야기.

어린 왕자에게 여우가 말했다.

"중요한 것은 눈에 보이지 않는다"고.

눈에 보이지 않는 그 중요한 것은 도대체 어디에 있나.

어쩌면 '마음'이라는 포근한 이름의 거기.

혹은 '정신'이라는 고매한 이름의 땅.

총알택시에 올라탄 것 같은 하루.

기본요금처럼 자동으로 부과된 불안과 다급함과 우울.

하지만 그 땅에 도착하는 순간 재깍재깍 목을 조르던 소리는 사라지고, 맨발로 소요하는 명상가의 하루마냥 시간은 천천히 흐른다.

그 땅에서라면 나는 내 안의 소리를 듣는 귀를 가졌고, 나만큼 다른 사람을 존중하며, 신하고 여린 것들을 가여워하고, 돈으로 환산할 수 없는 가치들에 대하여 숙고한다.

사람마다 방법이야 다르겠지만, 나에게 그 땅에 가장 빠르고 행복하게 도달하는 방법은 책을 읽는 일이었다. 빳빳한 표지를 넘기는 순간, 다른 세계의 문이 열리고 잠들었던 뇌세포가 팽팽하게 당겨진다. 글은 위대한 매력과 마력을 지녔기에, 저도 모르는 사이에 나는 까만 문자의 길을 따라, 가 본 적 없는 세계로 이끌려 간다.

어떤 정복 전쟁도 없었지만, 독서와 함께 나의 정신적 영토도 그렇게 한 뼘씩 넓어졌다.

성장은 필연적으로 통(痛)을 동반한다.

한밤 바다 위에 놓인 돛단배처럼, 캄캄하고 위태로운 항해를 떠난 소년들이 어둠과 바람과 파도에 좌절하지 않고, 반짝이는 북극성을 좌표 삼아 끝내 자기만의 항구에 도달할 수 있기를 기원한다.

　어느새 길어진 다리로 단단히 땅을 짚고, 더 먼 곳을 바라보며,
성큼성큼 의연하게 제 갈 길로 나아가기를.

김송은

스피리투스
청소년문학
04

초판 1쇄 발행 2025년 1월 3일

지은이 김송은

펴낸이 김현숙 김현정
펴낸곳 스피리투스/공명
책임편집 김현정
편집 김도경 김주희
디자인 정계수
일러스트 산호
출판등록 2011년 10월 4일 제 25100-2012-000039호
주소 02057 서울시 중랑구 용마산로 636, 베네스트로프트 102동 601호
전화 02-432-5333 | 팩스 02-6007-9858
이메일 gongmyoung@hanmail.net
블로그 http://blog.naver.com/gongmyoung1

ISBN 978-89-97870-88-2(43810)

*책값은 뒤표지에 있습니다.
*이 책의 내용을 재사용하려면 반드시 저작권자와 공명 양측의 서면에 의한
동의를 받아야 합니다. 잘못 만들어진 책은 바꾸어 드립니다.

숨결, 정신, 마음을 뜻하는 스피리투스는 도서출판 공명의 문학 브랜드입니다.

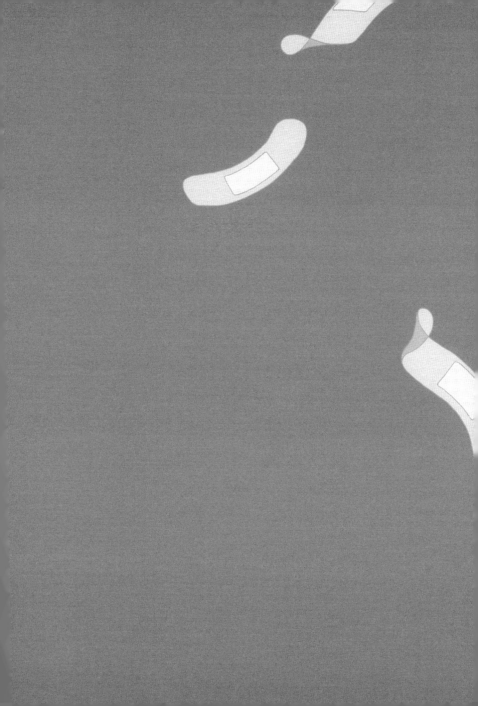